RENDSBURGERINNEN ERZÄHLEN

Verlag der Buchhandlung Reichel
Alle Rechte vorbehalten.

Zeichnung: Paula Haass.
Computersatz: Uwe Haass, Herzogenaurach.

ISBN 3-89811-181-4
Herstellung: Libri Books on Demand

Vorwort

Dreifach ist der Schritt der Zeit:
zögernd kommt die Zukunft hergezogen,
pfeilschnell ist das Jetzt entflogen,
ewig still steht die Vergangenheit.
Friedrich Schiller

Mit der Vergangenheit, einer Kindheit und Jugend in dem damals beschaulichen Rendsburg der zwanziger und dreißiger Jahre, beschäftigen sich die Verfasserinnen in dieser Schrift.

Sie beabsichtigen, das Leben in jener Zeit vor dem Vergessen zu bewahren sowie dem Leser in der Rückschau den Wandel bis heute ins Bewußtsein zu rufen.

Wer sich unserer Stadt verbunden fühlt, wird den Umfang der Veränderungen staunend erkennen.

Die Verfasserinnen, seit fast siebzig Jahren in beständiger Freundschaft verbunden, danken der Initiatorin, ihrer Paulette.

Sie hat mit ihren Plänen, ihrem unermüdlichen Einsatz, ihrem Organisationstalent maßgeblich zum Entstehen des Büchleins beigetragen.

Im Verlauf der Arbeit wuchs die Freude aller Beteiligten an dem gemeinsamen Vorhaben.

Die Leser dieser Erinnerungen sollten sich in unbeschwerte Kindertage in dieser Kleinstadt zurückversetzen lassen. Die Verfasserinnen wünschen dazu viel Freude.

Rendsburg, im Sommer 1997

Inhalt

Erinnerungen an die Kinderzeit

Wenn man älter wird, denkt man zurück, Bilder tauchen auf, erst verschwommen, werden deutlicher. Namen fallen einem ein, die der Spielkameraden, der Nachbarn, der Gärtner und der Kaufmannsleute. Man hört ihre Stimmen, sieht, wie sie sich bewegen, wie sie gekleidet sind.

Ich nehme Geräusche wahr und Gerüche, weiß wieder, wie die Beeren aus dem Garten schmecken, Salmis und Rote Grütze.

Meine Kindheitserinnerungen sind heiter. Ich fühlte mich geborgen im Kreise der mich umgebenden Menschen. Alle waren freundlich zu mir, hatten Zeit, und ich meine, daß fast immer die Sonne schien in jenen Tagen, und stets war meine Mutter da, die mich an die Hand nahm, wenn ich sie brauchte.

Die Geschichten setzen sich zusammen aus Erlebnissen, Beschreibungen und Beobachtungen.

Fensterblicke

Ein stürmischer Herbstabend. Als kleines Mädchen hocke ich am Erkerfenster in der Neuen Straße, direkt vor der Kurzen Straße, und schaue in den dunklen Abend. Der Sturm heult um die Ecke vom Schiffbrückenplatz ums Haus von Jochen Mohr.

Unverständlich für mich: An einer dünnen Leitung, gespannt von unserem Haus bis hinüber zu Adolf Hansens Kolonialwaren-Geschäftshaus, hängt in der Mitte eine Bogenlampe. Sie ist tellergroß mit einer Birne darin. Sie schwankt hin und her, hin und her, aber ihr

Licht hält dem Sturm stand.

Ein paar Schritte von unserem Haus entfernt, in der Hohen Straße neben Herzaus Schmuck- und Uhrengeschäft, wohnt meine Freundin Paula. Ihr Wohnzimmerfenster, das letzte in der Ecke des Zimmers, ist ein beliebter Platz von uns beiden Freundinnen. Unvergeßlich sind mir die Ausblicke auf die Hohe Straße hinunter, besonders an den Abenden des 31. Dezember. »Altjahrsabend«, sagte meine Freundin. Ich kannte bisher nur das Wort Sylvester, aber der Altjahrsabend bezeichnete für mich nicht nur den Jahreswechsel, er weckte auch die entsprechende Stimmung.

Nun kamen sie: Die Rummelpötte! In kleinen Gruppen schlurften Kinder in meist viel zu großen Kleidern daher, am Arm Leinenbeutel für die zu erwartenden Gaben. Jungen machten »Wuppen - wuppen« mit Stökken, die durch ein Loch in der über eine Dose gespannten Schweinsblase gestoßen wurden. Das uns allen bekannte Lied erklang vor jeder Haustür: »Wuppen, mok de Dör op, lot den Rummel rin!«

Von der Neuen Straße zogen wir in die Wallstraße in ein Eckhaus gegenüber dem Gymnasiumsberg. Diese Erhöhung ist bekanntlich der letzte Teil der einstigen Bastion, nämlich des Walls um unsere Altstadt.

Wie oft habe ich aus dem Fenster geschaut in der Mittagssonne, wenn ich am Sonntag darauf wartete, daß meine Mutter zum Sonntagsspaziergang nach ihrer Arbeit fertig wurde. Dann war der Gymnasiumsberg frei von Kindern.

In der Woche jedoch: Treffpunkt unter der großen Kastanie neben dem Sandkasten. Längst eingeritzte Rinnen bezeichneten das Hinkmal und vor der großen Schultreppe die Felder für das Spiel »Deutschland-England-Amerika«, wo man von der Mitte aus auf Befehl rennen mußte, um dem Stop-Rufer zu entgehen.

Klönschnacks in den Sommerferien am Abend, Radfahrten auf den Wegen und durch die schwierige Kurve in Richtung Elektra-Kino. –

Wäre ich ein paar Jahre älter gewesen, hätte ich es noch spannender gefunden, die zur Schule eilenden Jungen den Berg hinaufkeuchen zu sehen.

Als Backfisch (Teenager) wohnte ich schon ein Stückchen weiter in der Wallstraße 38, Ecke Gerbergang.

Unvergeßlich bleibt mir der Blick von dort über den sich breitenden Rasen zur Schlangenallee – und dann weiter über die Eider bis zum Klint.

Morgens, besonders im Sommer, spiegelte sich die Sonne in den Fensterscheiben der Bauernhäuser, und im Winter bot sich der Anblick der verschneiten Häuser dort wie ein Ölgemälde »Winterlandschaft«.

Im Frühling hörte man lautes Frosch-Gequake. Der Wasserarm vor der Eiderkaserne war noch nicht trockengelegt. Es führte ein schmaler Spazierweg von der Schlangenallee über den neuerrichteten Brammerdamm zur Untereider. Erfrischend schön, so erinnere ich mich, war ein Spaziergang am Morgen, doch am allerschönsten im Mondenschein.

Die große Ulme, unserer Haustür gegenüber, bildete einen beliebten Versteckplatz, wenn man vom Theater (durch die Initiative unseres Lehrers Bum als Jugendbühne) nach Hause kam. Nach dem kurzen Heimweg ließ es sich hinter der Ulme noch so schön ein bißchen klönen.

Manches Mal, wenn ich noch beim Frühstück saß, sah ich die drei Handwerksmeister aus der Hohen Straße, Bäcker Gabriel, Schneider Riggers und Schuster Meenken ihren täglichen Morgenweg durch die Schlangenallee wandern. – Und dann kamen auch schon meine Mitschülerinnen vorbei. Ja, die Büdelsdorfer mit ihrem weiten Weg waren natürlich rechtzeitig unterwegs in Richtung Weiße Brücke - Paradeplatz.

Unser Rückweg von der Schule, oft noch mit einem Kuchen für 10 Pfennige (Bienenstich oder Cremeschnitte) von Bäcker Ladewig in der Hand, führte uns durch den Kindergarten, heute Stadtpark.

Es waren die dreißiger Jahre. Wir Kinder lebten froh und unbeschwert. Selten dachten wir an das kleine rote Haus vor der Weißen Brücke, in dem in den zwanziger Jahren das Arbeitsamt untergebracht war, und an die langen Schlangen ärmlich gekleideter Menschen davor.

Am Eiderarm, oftmals nachdem wir die Bretter der Weißen Brücke gezählt hatten, trödelten wir gern hinter der Elektra entlang. Man konnte die zur Eider offenstehenden Notausgänge des Kinos schnell einmal von rechts, vor der Bühne entlang und links wieder heraus durchflitzen. –

Eine dicke Ulme, in einigen Metern Höhe gegabelt, eignete sich wundervoll, die Schulmappen hindurchzuwerfen.

Später zog ich mit meiner Mutter in die Adolfstraße. Dort wohnten wir in der ersten Etage. Nun ging mein Blick aus dem Fenster direkt in die Baumkronen der alten Linden, die den Adolfplatz säumten. Nicht alle dieser schönen, großen Bäume sind stehengeblieben. Nach dem Krieg, in der Zeit der Kohlen- und Holzknappheit, wurde jeder zweite Baum gefällt. Kein Zweiglein oder gar die schweren Stubben blieben übrig. Alles wurde zum Heizen gebraucht.

Die Rotdornbäume in der Mitte des Parks erinnerten mich an Kindertage, an denen ich als Altstadtkind meine Freundin Lisa in der Lornsenstraße besuchte. Verängstigt und ehrfurchtsvoll erklärte sie mir: »Tritt bloß nicht auf den Rasen, mit keinem Fuß! Dort oben wohnt ein Polizist. Der schreibt uns sofort auf.«

Heute toben viele Kinder laut bolzend durch den Park.

Ein kleines Erlebnis während unseres Umzugs 1941 in die Adolfstraße. Verdunkelungsvorschriften wegen des Krieges und ein schwarzfinsterer Spätnachmittag. Ich trug zwei Taschen mit kleinerem Umzugsgut. Am Gerhardsteich stand und steht auch heute noch eine Laterne am Weg. Natürlich wußte ich genau, wo. Der Gedanke: »Jetzt kommt sie, - nun - jetzt - und schwupp hatte ich den Laternenpfahl im Arm, glücklicherweise bei langsamen Schritten.

Können sich wohl Stadtkinder heute noch eine solche Dunkelheit vorstellen, durch die man aber hindurch <u>mußte</u>?

Das alte Haus

Mein Enkel hockt neben mir auf dem Fußboden und baut eine Ritterburg. Er braucht Stanniolpapier für den Burggraben und fragt mich, ob die Burg in Rendsburg, von der ich ihm früher schon erzählte, so ähnlich ausgesehen habe.

»Das älteste Bild von der Burg zeigt sie ganz schlicht, nur mit einem großen, hohen, runden Turm und einem Zwiebeldach. Später wurde immer etwas dazugebaut oder verändert.

Jetzt willst du einen Burggraben anlegen? Weißt du, daß das Grundstück meiner Eltern in Rendsburg bis an den ehemaligen Burggraben, den Mühlengraben, reicht? Fast alle Grundstücke auf der einen Seite der Hohen Straße, wenn man vom Schiffbrückenplatz kommt, enden dort. Meistens standen unmittelbar am Wasser noch Häuser, die Hinterhäuser. Man gelangte zu ihnen von der Hohen Straße nur durch die Vorderhäuser oder durch daneben liegende schmale Gänge.«

»Hast du dort am Wasser gespielt? – Ist da schon mal jemand hineingefallen?« »Nein, mein Lieber, zu dieser Zeit gab es dort, so wie auf dem Schiffbrückenplatz und anderen Plätzen in Rendsburg, kein Wasser mehr, weil der Bau des Nord-Ostsee-Kanals zu einer Absenkung des Wasserspiegels der Obereider führte. Der Wasserspiegel des Kanals lag 2,50 m niedriger als der der Eider am Audorfer See. – Aber meine Großmutter, deine Ur-Ur-Großmutter, hat all diese Veränderungen miterlebt. Sie erzählte mir, daß Frauen im Mühlengraben Wäsche wuschen und daß sie sich immer sehr über die Schiffe freute, die an dem Schiffbrückenplatz lagen.

So, hier hast du dein Papier. Nun kannst du einen Burggraben anlegen.«

Ich wollte mich mit meiner Lektüre beschäftigen, doch meine Gedanken blieben in der Vergangenheit. Obwohl ich erst fünf Jahre alt war, erinnere ich mich noch gut an die Zeit, als mein Vater das alte Fachwerkhaus in der Hohen Straße wegen der günstigen Geschäftslage kaufte. Es war im Jahr 1926.

Der Eingang des Hauses, die verputzte Vorderfront, erschienen uns noch ganz passabel, obwohl der Putz, wie bei anderen Häusern auch, bröckelte. – Später las ich, daß man das Fachwerk überputzte, um Dieben einen Einbruch zu erschweren. Sie konnten die Lage der Steine in dem Fachwerk unter dem Putz nicht erkennen, um sie herauszustemmen und sich so einen Zugang zum Haus zu verschaffen. Die Mauern an den Seiten und hinten dagegen konnten ihren Zustand nicht verbergen. – Das brüchige Mauerwerk hätte man Stein für Stein abtragen können.

Auch im Haus sah es grausig-herrlich aus. Mittendrin befand sich ein mit Holz umkleideter Lichtschacht, der nur für einen Raum im Erdgeschoß Helligkeit brachte, denn das Nachbarhaus liegt noch heute so eng neben diesem, daß kein Licht durch ein seitliches Fenster hineinfällt. Dieser Schacht aber stand als Hindernis immer im Wege und verdunkelte alle Zugänge zu den Zimmern. Spinnengewebe hingen überall. Mäuse und Kakerlaken liefen herum. Im Schlafzimmer neigte sich der Fußboden so stark zur Außenwand, daß meine Eltern nicht wagten, dort die Betten aufzustellen. Zwischen den breiten Fußbodenbrettern konnten wir in das untere Stockwerk sehen!

Ich fand alles sehr aufregend, spielte mit meinen Puppen »Umzug« und probierte jedes Zimmer aus.

»Oma, wo hast du denn draußen gespielt, hattet ihr einen Garten?«

»Anfänglich war es schwierig, denn das baufällige Hinterhaus durften wir nicht betreten. Doch mein Vater ließ das Hinterhaus sehr bald abbrechen bis auf eine hohe Mauer und eine Pforte zum Mühlengraben. So entstand ein großer, sonniger Hofplatz. Hier habe ich mit Nachbarskindern oft gespielt. Auf einer breiten, ungepflasterten Fläche, pflanzte meine Mutter Blumen. Wenn die Zeit zum Düngen kam, mußte ich mit einem Eimer und einer Schaufel auf der Straße »Pferdeäpfel« holen.

Es blieb auch eine Zeile kleiner, überdachter Anbauten für die Schneider stehen, die bei meinem Vater arbeiteten. Dazu gehörten eine Kammer für ihre persönlichen Sachen, ein Schuppen für die Fahrräder und eine Toilette.

Du mußt nicht denken, daß dort nun ein WC in einem gekachelten Raum stand! So etwas gab es damals in der Altstadt noch nicht. - In jedem Haus, treppauf, treppab, standen in der Toilette die schweren Kübel, die jede Woche gewechselt wurden. Die Sitzgelegenheit bestand lediglich aus Holz mit einem Loch über dem

Eimer.

Aus Zeitungspapier wurden gleich große Stücke geschnitten, an einer Ecke gelocht, um einen Bindfaden durchzuziehen zum Aufhängen. Das war das Toilettenpapier (und Lesestoff). Ein Handwaschbecken war der ganze Komfort.

Ich weiß noch, wie Schlachter Söhrnsen das erste WC bekam. Die ganze Nachbarschaft in der Hohen Straße eilte herbei, um es zu bewundern. Nach und nach folgten ihm viele, auch wir, und ließen sich auf den Höfen Sickergruben bauen. Erst so um 1933 wurde im Bereich der Hohen Straße die Kanalisation gebaut.«

»Oma, erzähle weiter von dem Haus! Dein Vater hatte doch eine Werkstatt. Wie sah die denn aus? Und wie war das andere Geschäft in dem Haus?«

»Unser Haus, wie fast alle alten Häuser in der Hohen Straße, ist zwischen 1570 bis 1580 gebaut worden. Das älteste, in dem die Buchhandlung Reichel sich befindet, ist von 1566. Zu dieser Zeit gab es in Rendsburg nur 160 Häuser und 233 Buden (das waren Holzhäuser, oft mit Strohdach). Die Grundstücke aber sind viel älter. Du kannst sie auf den allerersten Zeichnungen, die es von Rendsburg gibt, gut erkennen. Und wenn die Besitzer der alten Häuser, auch dein Uropa, nicht liebevoll versucht hätten, sie immer wieder instandzusetzen, würden sie schon längst nicht mehr stehen. Es war zu wichtig, Geschäft und Wohnung zu erhalten.

Und nun willst du von der Werkstatt und dem anderen Geschäft hören? Gerne, denn wo gibt es das noch?

Die große, helle Werkstatt richtete sich dein Urgroßvater im Parterre nach hinten zum Hof ein. Die Schneider saßen auf den Tischen mit dicken Tischplatten, die Beine gekreuzt, das Nähstück auf den Beinen, über ihnen eine Lampe mit grünem Emailleschirm, den man in der Höhe verstellen konnte. Da sie in Fensterhöhe saßen, fiel das Tageslicht direkt auf ihre Näharbeit.

Natürlich stand in einer Ecke eine Nähmaschine. Später gab es die erste Zick-Zack-Maschine, die beträchtliche Erleichterungen brachte. Unter dem anderen großen Tisch, dem Bügeltisch, lagen die dicken Bügelkissen. Hinten, an der Wand, stand ein kastenförmiger Ofen, in dem fünf riesige, schwere Bügeleisen nebeneinander standen und erhitzt wurden. So heiß mußten sie sein, daß es zischte, wenn man sie mit einem nassen Finger antippte. Der Ofen mußte natürlich immer beheizt werden, was sicher unangenehm im Sommer war.

Daneben stand ein Gestell für eine Emaille-Waschschüssel, darunter ein Krug mit frischem Wasser. Daneben der Eimer für das schmutzige Wasser. Vom Bügeln bräunliche Leinenlappen, nach verbranntem Stoff riechend, hingen an dem Ständer. An der Wand hingen an großen Nägeln Schnittmuster aus Packpapier, auf einem Bord lagen die Stoffe, die man zusätzlich brauchte, zum Beispiel auf einer Seite wattierte oder auch ganz harte, feste, bedruckt mit roten Pferden (was mich als Kind natürlich sehr interessierte). Diese dienten zum Herausarbeiten einer guten Façon, wie es damals die Mode war. Natürlich auch Futterstoffe jeglicher Art sowie ein langer Kleiderständer mit den halbfertigen und fertigen Kleidungsstücken.

Die Werkstatt durfte ich nur selten betreten, ich störte. Aber sonnabends gingen die Gesellen um vier Uhr nach Hause, und dann begann »meine« Badestunde! – Das Wasser wurde in großen Töpfen in dem noch heißen Bügelofen erwärmt, für mein Bad in der Zinkwanne. – Das Kleid konnte ich selbst ausziehen, aber dann das Leibchen oben herum, das man hinten (!)

knöpfen mußte. An dem Leibchen befanden sich seitlich an jeweils zwei Knöpfen Gummibänder mit Löchern in der Mitte. Diese Gummibänder hielten die langen, wollenen Strümpfe, an deren oberen Rand je zwei Knöpfe angenäht waren zum Anknöpfen. Dieses komplizierte System sollte verhindern, daß die Strümpfe rutschen. – Unter diesem Leibchen trugen wir kleinen Mädchen eine Hemdhose aus Leinen oder Baumwolle – hinten mit einem Schlitz in der Po-Gegend.

Beim Ausziehen graute mir immer schon vor dem Anziehen am nächsten Tag. Dann mußte ich, im Winter, in die langen, frisch gewaschenen Wollstrümpfe schlüpfen, die an den Beinen schrecklich kribbelten. Nur der Sommer befreite mich davon.

Meine Mutter schrubbte mich (wie sie sagte). Dann steckte sie mich in ein frisches Nachthemd und wickelte mich in eine Decke. Mein Vater trug mich singend nach oben ins warme, heimelige Wohnzimmer. So lernte ich durch ihn die neuesten Schlager kennen, wie: »Komm, mein Schatz, wir trinken ein Likörchen, oder »Wer hat denn den Käse zum Bahnhof gerollt«, oder »Lila ist Mode, lila ist modern« und »Ach, du lieber Augustin, alles ist hin«. – Diese Lieder waren meine »Kinderlieder«, und ich sang sie tagaus, tagein als 5- bis 7jähriges Mädchen laut im Haus. Erst die Schule änderte es.

In die Decke eingemummelt saß ich nun am Eßtisch in dem gemütlichen Wohnzimmer mit dem Kachelofen, in dem oft hinter einer Klappe die Kaffeekanne stand, aber auch mal Pförtchen oder Bratäpfel. Jetzt spendierte meine Mutter das »Sonnabend«-Abendbrot! Für uns drei Personen gab es ¼ Pfund Fleischsalat. Ein lecker schmeckender Schmierkäse diente als Sonderzulage zu dem üblichen Abendbrot.

Danach spielte meine Mutter mit mir Spiele, mein

Vater las die Zeitung. Weder Fernsehen, Radio noch Telefon störten unser stilles kleines Glück.« –

»Oma, du wolltest mir noch von dem Geschäft erzählen, das es in eurem Haus schon gab, als ihr einzogt!«

»Ja, mein Lieber, du kannst dir vorstellen, daß mich alle Geschäfte in der Hohen Straße faszinierten, denn jedes Haus hatte eines. Aber dieses, in unserem Hause, war etwas ganz Besonderes. Es hieß: »Bazar zum Schmuckkästchen«. Es hatte eine fremdländische Ausstrahlung und war für mich so etwas wie ein Märchen aus 1001 Nacht. Besonders wurden Schmuckkästchen angeboten, die aussahen wie feine barocke Schatullen aus Silber mit erhabenen Figuren oder Rosen darauf. Wenn man den Deckel öffnete, war drinnen alles aus wunderschönem Samt. Die Kästchen standen in allen Größen auf zierlichen Füßen. Meine Mutter meinte, daß es kein Silber sei, sondern Alpacca. Orientalische Leuchter und Schalen mit den schönsten Ziselierungen aus Messing, für den Rauchtisch Holzkästchen, umkleidet mit gemusterten Messingplatten, Aschenbecher, auch Ringe, Ketten und Armbänder in Mengen hingen und lagen zum Verkauf bereit.

Ich durfte mich immer mal im Laden aufhalten. Auch meine Freundin Christa.

Auf dem Hof lagerten die großen Kartons, in denen die Ware geliefert wurde, mit denen wir spielen durften. Wir bauten uns Häuser, Schiffe oder Eisenbahnen.

Die Inhaberin dieses Geschäftes hieß Frau Horwitz, eine Jüdin. Auch das war für mich geheimnisumwittert.

Meine Mutter antwortete mir auf meine Frage, was eine Jüdin sei, daß sie eine andere Religion habe. – Das führte dazu, daß ich immer, wenn sie mal in unsere Wohnung kam, schnell die dicke Bilderbibel herholte und ganz offensichtlich sehr interessiert darin las, sicher um sie ein wenig zu ärgern, obwohl ich sie ja sehr gerne mochte.

Sie ist 1932 nach Dänemark gezogen – vor der kommenden Politik gewichen.«

»Oma, jetzt möchte ich schlafen, erzählst du mir nachher mehr?«

»Gewiß, schlafe gut und träume nicht von Mäusen und Kakerlaken!«

Das Haus wurde nach und nach erneuert.

Es entstand eine große, helle Wohnung mit zunehmendem Komfort.

Eine kleine Naschkatze

In der Rendsburger Innenstadt, genau gesagt in der Mühlenstraße, lag der Käseladen der Familie Wulf. Hier wurde jeder vom Chef und seiner Crew freundlich und höflich bedient und fand, sauber und appetitlich, auf vielen Regalen alle Käsesorten, die auf dem Markt waren, angeboten. Eine halbhohe Glaswand trennte den Verkaufstresen vom Publikum, wohlweislich, damit die kostbare Ware nicht mit den Käufern in Berührung kam. Wer die Wahl hat, hat auch die Qual; und so erhielt der Kunde beim Kauf von Käse erst einmal eine Kostprobe. Dazu schnitt Herr Wulf ein Stückchen vom gewünschten Käse ab, reichte es auf einem breiten Messer dem Kunden zum Probieren über den Tresen. Der schmeckte, ließ sich ein Stückchen auf der Zunge zergehen, und wo blieb er mit dem Rest und der Rinde? Oh, keinesfalls fiel etwas zu Boden. Zwei, drei kleine Becher hingen in einer Stange vor dem Tresen. Die nahmen den Abfall auf. Meine kleine Schwester beobachtete alles genau, und ehe unsere Mutter es sah, langte sie in die Becher und probierte die angeknabberten Käsereste. Dem Kind ist das gut bekommen, der Mutter war es peinlich.

Meine Kindheit in der Altstadt

In der Weihnachtszeit konnten Frauen, die keinen Backofen besaßen, bei Bäcker Thode am Altstädter Markt, im Keller in der Backstube, ihre Plätzchen backen. Ich erinnere mich, daß ich auf der Holztreppe saß und zugucken durfte. Oben im Schaufenster wurde Jahr für Jahr ein freundlich nickender Weihnachtsmann auf einem Schlitten ausgestellt. Sein Esel bewegte die Beine ununterbrochen. Oft verweilte ich staunend davor. – Weiter rechts am Altstädter Markt stand im Schaufenster der Firma Käselitz ein großes, naturgetreu hergerichtetes Pferd mit vollständigem Sattelzeug. Auch das regte meine Phantasie an.

Im Stegen, bei Kaufhaus Meier, guckte sogar der lebendige Weihnachtsmann aus dem oberen Fenster! Wenn man Glück hatte, warf er kleine Papptiere zum Aufstellen hinunter, die wir Kinder natürlich eifrig aufsammelten.

Doch am liebsten trieb ich mich an Markttagen auf dem Schiffbrückenplatz und dem Schloßplatz herum. Zwischen den Bauern und ihren Wagen standen manchmal die Pferde noch angespannt davor, die ich streichelte. Auf dem Schloßplatz standen die Bauern, die ihre lebenden Kleintiere verkaufen wollten.

Ich konnte sie streicheln und beobachten.

Bei Betten-Mohr trafen sich die Altstadt-Kinder auf dem breiten Bürgersteig zum Spielen mit dem Ball an der Wand, mit dem bunten Trudelreifen oder dem Kreisel, den man mit einer kleinen Peitsche zum Tanzen brachte. Dort traf ich oft meine Freundin

13

Christa. Sie wohnte nur einige Häuser entfernt von uns. - Wir sind heute, nach 70 Jahren, noch befreundet. -

Mit einem bunten Trudelreifen liefen wir durch die Straßen, spielten Versteck in den Grünanlagen vor der Schule, wo die Sonnenuhr die Zeit anzeigte, und hinter den herrlichen Bäumen der Schlangenallee. Wir kauften bei Otto am Schiffbrückenplatz Lackbilder und Murmeln und spielten »Grabbelbuch«. Bei schlechtem Wetter erlösten wir unsere Puppen aus ihrem Schlaf. Meine Freundin besaß ein großes, wunderschön eingerichtetes Puppenhaus, das uns immer wieder in seinen Bann zog. Einen Kindergarten kannten wir nicht.

Die Mütter dieser Altstadt-Kinder halfen meistens im Geschäft ihrer Männer und hatten kaum Zeit für ihren Nachwuchs. Sie schmierten uns oft eine Scheibe Brot mit Margarine und Zucker. Das schmeckte uns fast wie Kuchen.

Wir Kinder lebten in ungebundener Freiheit.

Ich höre noch Frau Söhrnsen abends an der Haustür rufen: »Ist Hannelore bei euch?« Als Geschäftsfrau suchte sie ihre kleine Tochter, die sich auch irgendwo herumtrieb.

Ostern 1927 kam ich zur Altstädter Mädchenschule. Meine schulterlangen lockigen Haare wurden zu einer Kurzfrisur geschnitten. Aber die riesige Schleife mitten auf dem Kopf behielt ich.

Ich kann mich an den Unterricht nicht mehr erinnern. - Wohl an den Schulranzen mit der Tafel und dem Trockentuch am Band, den Griffeln und dem klappernden Griffelkasten und der blanken Schwammdose mit der Rose. Unsere Fibel hieß »Jungs, holt fast!« Wir durften nicht durch die große erste Schultür gehen, sondern mußten um das Haus herumlaufen, um dort durch die kleinere Tür umständlich in die Klasse zu gelangen, obwohl diese neben der großen Tür lag! Aber diese war eben nur für die Lehrkräfte bestimmt.

Ein hoher Bretterzaun trennte den Schulhof der Mädchen von dem der Jungen. Manchmal fanden wir ein Loch, durch das wir auf die andere Seite äugten, natürlich verbotenerweise. Um unseren Durst zu löschen, durften wir uns einer Pumpe bedienen und Wasser in einen verbeulten, fest angeketteten Aluminium-Becher pumpen. Jeder konnte daraus trinken.

Hinter der Schule breitete sich die Eider aus. Bei Sturmfluten stieg das Wasser und trat über die Ufer. Die Stadt versuchte mit Sandsäcken dem drohenden Unheil zu begegnen, doch bei großen Stürmen oder Springfluten reichten weder die niedrigen Deiche noch die Sandsäcke. Die Wassermassen drängten in die Schleuskuhle, überfluteten die Anlagen, den Schiffbrückenplatz bis zur Hohen Straße und zum Schloßplatz sowie unseren Schulhof.

Ich erinnere mich, daß zwei Ruderboote als Transportmittel dienten, und schnell gebaute Stege den Menschen Hilfe brachten. Allerdings drang auch Wasser in unseren Keller, das aber im günstigen Fall wieder durch den gestampften Lehmboden versickerte. Die Fundamente des Hauses bestehen aus unzerstörbaren, mächtigen Findlingen.

Ich freute mich, wenn ich bei Hochwasser nicht zur Schule gehen konnte.

Die Gezeiten, Ebbe und Flut, wirkten sich bis zur Schlangenallee und dem Jungfernstiegbecken aus.

Bei Ebbe staunten wir, was alles in der Untereider ans Tageslicht trat.

Später, etwa 1937, wurde die Eider durch den Damm bei Nordfeld und die Schleusen dort sowie bei Lexfähre von dem Einfluß der Gezeiten abgeriegelt.

15

Auf der anderen Seite des Schuleinganges (große Tür) standen zwei oder drei kleine Häuser, deren Gärten bis zur Eider reichten. Dort bleichten die Hausfrauen ihre Wäsche auf einer großen Wiese. Sie gingen mit einem Korb voller Wäsche, meistens mit den »großen Stücken«, dort hin. Sie breiteten die Laken, Bezüge und Tischtücher auf dem Gras aus und ließen sie von der Sonne trocknen. Mittags gingen meine Mutter und ich noch einmal hin, um sie zu drehen. Nachmittags holten wir die gebleichten Stücke nach Hause. Es kostete ein wenig, doch meine Mutter meinte, daß die Bleiche die beste Methode sei, die Wäsche weiß und frisch zu bekommen.

Heute heißt die später gebaute Straße »An der Bleiche«.

Ein kleines Stück weiter an der Eider, bei der Klappbrücke und Schleuse, legten im Herbst oft Ewer aus dem Alten Land an, um das begehrte, frische und billige Obst aus ihrer Gegend zu verkaufen. Auf dem Schiff wurde es im Laderaum abgewogen.

In der schönen Grünanlage vor der Altstädter Schule (heute ein großer Parkplatz) oder im Kindergarten spielten sonntags etwa alle drei Wochen Kapellen zum »Promenadenkonzert« auf. Ich freute mich immer sehr darauf, und ich glaube, meine Eltern auch.

Man zog sich sonntags sowieso »fein« an. Mein Sonntagskleid war oft bestickt. Die Jungen trugen überwiegend weiße Matrosenblusen. Die Leute hasteten nicht vorbei, sondern alle schlenderten, blieben stehen und lauschten der Musik, wie heute in einigen Kurorten. Man spazierte auf den Wegen der Anlage, aber auch ein Stück auf dem Jungfernstieg oder in der Schlangenallee, grüßte Bekannte, sprach ein wenig miteinander und bummelte weiter.

Die Herren grüßten stets freundlich, nahmen ihre

Kopfbedeckung ab und verneigten sich ein wenig dabei. – Handstöcke waren damals modern. Mein Vater besaß einen mit einem aus Holz geschnitzten Jagdhundkopf als Griff. –

Die Damen, schick gekleidet, nickten grüßend mit dem Kopf, und ich knickste höflich.

Meinen Puppenwagen nahm ich immer mit. Natürlich waren die Puppen auch aufs beste gekleidet. Die Schildkröt-Puppe, ein Baby, lag stramm gewickelt in der Lure, einem weichen, umhäkelten Tuch, wie es damals bei den Babys üblich war. Die größere Puppe besaß einen Porzellankopf mit dunklem, lockigem Haar, das stets zu Weihnachten mit Zuckerwasser neu gekräuselt wurde.

Auf die Sonntage freute ich mich besonders, weil meine Eltern sich dann gerne mit ihren Freunden trafen, um mit ihnen und den Kindern ausgedehnte Spaziergänge zu unternehmen oder Tagesausflüge mit einem Picknick.

Manchmal fuhren wir mit einem Motorboot auf der Eider zu einem Ausflugslokal oder mit der Kleinbahn von Duvenstedt nach Baumgarten oder an die Seen in der Umgebung. Selbstgebackene Kuchen schmeckten besonders gut draußen in den Grünanlagen der Lokale. Wir Kinder freuten uns dann auf die Brause, die es in mehreren Farben gab.

Die Eltern begutachteten den Kaffee, und nach einem Gläschen Weinbrand wanderten wir alle, oft singend, nach Hause oder fuhren eine kleine Strecke mit der Bahn oder dem Bus.

Meine Eltern merkten, daß ich langsam verwilderte. Um dem ein Ende zu bereiten, hatten sie mit kinderlosen Freunden besprochen, daß ich ein- bis zweimal in der Woche zu ihnen in die Moltkestraße gehen sollte, um meiner Mutter als Weihnachtsgeschenk eine Decke zu sticken.

Ich marschierte also mit meinem Bastkörbchen durch die Stadt. Am Jungfernstieg, Ecke Bahnhofstraße, sah ich schon das Unheil kommen. – Ein Trupp Nationalsozialisten kam singend aus der Richtung Paradeplatz und ein Trupp »drei Pfeile«, einer linksgerichteten Partei, aus der Richtung Bahnhof, ebenfalls laut singend. Es waren Lieder, in denen das Wort »Kampf« vorkam. Neugierig blieb ich stehen. Es passierte genau das, was ich ahnte. Keiner wollte den anderen Trupp vorbeilassen. Eine große Rangelei begann. Die Männer schlugen mit Gummiknüppeln, warfen mit Steinen und kamen immer näher.

Ich flüchtete.

Derartige Vorgänge häuften sich, so daß die Bewohner der Hohen Straße ihre Eingänge verrammelten, teilweise auch die Schaufenster, wenn bekannt war, daß die Parteien unterwegs waren. Ich schaute dann aus dem Wohnzimmerfenster auf die Straße. Am besten gefielen mir die »Turner«, doch weiß ich nicht, ob die »politisch« waren. –

Meine Stickerei brachte mir wenig Spaß. Zum Fest schenkte ich meiner Mutter eine halbfertige Decke.

Da dieser Versuch mißlang, wollte ich in die Kinderabteilung des Deutschen Turnvereins, zumal meine Freundin Christa dazu gehörte. Stolz trug ich mein Turnhemd mit dem Abzeichen DTV. – Später änderten sich die Abzeichen. –

Dann häuften sich meine »Termine«. Ich nahm an einem Bibelkreis teil. Hier »mußte« man nicht handarbeiten, sondern konnte malen und basteln. Die Leiterin las Legenden und andere Geschichten vor.

Im Sommer trafen wir uns mit anderen Gruppen am Bistensee. Alle schliefen auf Stroh in einer großen Scheune. – Das war ein großes Erlebnis!

Die Hohe Straße

Unser Wohnzimmer und mein Zimmer boten den Ausblick auf die belebte Hohe Straße. Ich beobachtete gerne die vielen Leute.

Manchmal kamen auch Bekannte und Freundinnen vorbei. Sie guckten hoch zu mir, und ich winkte ihnen zu oder öffnete das Fenster, um »Wichtiges« zu besprechen.

Fuhrwerke durften schon damals nur zu bestimmten Zeiten durch die Straße fahren, wie die seltenen Lieferwagen oder Pkw.

Alle anderen Transportmittel schoben oder zogen die Leute, z.B. die Schott'sche Karre (zwei Räder, zwei Stützen und zwei Griffe), Blockwagen, Fahrräder mit und ohne Anhänger.

Der Scherenschleifer spannte seinen Hund vor den Blockwagen mit dem mächtigen Schleifstein.

Der Lumpenhändler mit der Karre kaufte für einige Pfennige Lumpen nach Gewicht auf, und die Fischfrau bot laut ihre Fische an.

Aber wenn der Bäckerlehrling mit dem Fahrrad und dem großen Kastenwagen die Backwaren für die Filiale schräg gegenüber lieferte, hörten wir das Geschrei der Krähen sogar in den hinteren Räumen unseres Hauses. Auch der Hund von Herzau nebenan, der meistens auf der Straße saß oder lag, bequemte sich dorthin, wo alle auf Krümel warteten.

Gegenüber, in dem großen Geschäftshaus von Brügmann und Rathge, gab es für Kinder einmal monatlich ein Heft »Der Schmetterling«, den späteren Micky-Maus-Heften ähnlich. Natürlich war ich ganz versessen darauf.

An der Ecke zum Schiffbrückenplatz lag Piepgras' Spielwarengeschäft. Wenn neu dekoriert wurde, rannte ich die Treppe hinunter, um die vielen begehrten Spielsachen zu begucken.

Eines Tages, ich schaute wie so oft auf die Straße, hörte ich von weitem einen Lärm. Er näherte sich schnell, man hörte lautes Rufen, Hundegebell und das Blöken von Schafen. –

Tatsächlich zog eine große Schafherde durch die Hauptgeschäftsstraße von Rendsburg!

Wie sich später herausstellte, war dieses nicht das erste und letzte Mal. –

Unsere Haustür wurde tagsüber nicht abgeschlossen, aber es klingelte beim Öffnen. Sooft ich wollte, lief ich auf die Straße, rief jedoch beim Klingeln »ich«, und jeder im Haus wußte Bescheid. Pünktlich mußte ich zu bestimmten Zeiten zu Hause sein. Das war kein Problem, denn das Uhren- und Schmuckgeschäft nebenan, Herzau, hatte als Zeichen des Fachgeschäftes eine große Uhr draußen angebracht. Lesen konnte ich sie schon vor der Schulzeit.

Was gab es alles in dieser Straße zu sehen!

Bei einem Käsegeschäft lief an der Innenseite des Schaufensters ununterbrochen Wasser in kleinen Wellen herunter. Im Pelzgeschäft Ranft standen oft ausgestopfte Tiere im Fenster, um zu zeigen, wie die Tiere aussehen, aus deren Fell die Kürschner Pelzmäntel, Muffs und Kopfbedeckungen arbeiteten.

Nebenan sah man Herrenhemden und Schlipse, aber auch Handstöcke und Regenschirme, Koffer und Lederwaren im Schaufenster.

Ein anderes Geschäft, Scherenschleifer Schröder, war mir sehr bekannt, weil ich dort die Schneiderscheren zum Schleifen hinbringen mußte.

Drogerie Regenfuß und Schuldt, Zigarren-Engel, Schmuck Brodersen und Horst, Konfektion I.D. Sievers, Porzellan und Haushaltswaren Gronau und Voßgren, Singer Nähmaschinen, Schlachter Söhrnsen, Paternoster und Loepthien, Delikatessen Voßberg, eine bunte Reihe dicht an dicht.

Dazu Kolonialwarengeschäfte, die ihre Kundschaft mit der Ausgabe von Rabattmarken und Bildern für Sammelalben wie »Echte Wagner Margarine«, lockten. Ein Schokoladen- und Kaffeegeschäft und die Bäckerei Gabriel, die ihren Betrieb seit 1910 in der Hohen Straße hat.

In das älteste und schönste Haus zog 1938 die Buchhandlung Reichel ein und ich, als erster Lehrling, auch.

Die Vielfalt dieser Geschäfte, geöffnet von morgens 8.00 Uhr bis abends 19.00 Uhr, brachte reges Leben in diese alte Straße unserer Stadt.

Auch noch nach 20.00 Uhr, denn zu dieser Zeit bummelten viele Leute gemächlich an den Schaufenstern entlang, schauten hier und da und entdeckten manche Dinge, die sie gerne besitzen möchten.

Nach 22.00 Uhr kehrte Ruhe ein. Zwei Polizisten machten dann ihren Kontrollgang durch die Straßen der Altstadt.

Veränderungen

Die Grundschulzeit endete, und ich durfte das Städtische Lyzeum für ein Schulgeld von 24,- RM monatlich besuchen. (Damals bekam man für zehn Pfennig fünf Semmel.) Endlich gingen meine Freundin Christa und ich in die gleiche Klasse.

Mein Schulweg änderte sich schon in der Altstadt. Ich mußte nun von der Kurzen Straße in die Neue Straße einbiegen, die auch fast so alt ist wie die Hohe Straße. Schon roch ich den Gestank nach abgestandenem Bier, Schnaps und Rauch aus der Kellerkneipe.

Rechts von der Färberei drang der ätzende Geruch der Chemikalien. Nun kam das schlimmste Haus, der Pferdeschlachter! Unter der großen, geschlossenen Holztür lief das mit Wasser vermengte Blut in den Rinnstein. Es stank nach altem Fleisch. Hier hastete ich vorbei, bog dann rechts in die Kleine Gasse »neuer Paßweg« (heute: Gerbergang). Dort saß schon Herr Jürß am Fenster und drehte aus Tabakblättern Zigarren. Hier roch es süßlich nach fermentiertem Tabak. Und dann ging es ins Grüne, an die Eider und zur Schule.

Für mich brach ein neuer Lebensabschnitt an. Meine Haare, wieder lang, wurden zu zwei Zöpfen geflochten, die Schleife auf dem Kopf verschwand, dafür hatte ich an jedem Zopfende eine. Jetzt trug ich stolz eine hellblaue Klassenmütze mit blau-weiß-rotem Rand. Jeder konnte gleich erkennen, welche Schule man besuchte. Alle Schulen hatten ihre Mützenfarben, und die Ränder dieser Mützen sagten aus, in welcher Schulklasse man sich befand.

Die harten politischen Verhältnisse und die schlechte wirtschaftliche Lage trieben die Zahl der Arbeitslosen in die Höhe, verbunden mit viel Elend und Not. Viele hungernde Menschen fanden Familien, wo sie regelmäßig beköstigt wurden.

Ich sah das alles wohl, denn auch zu uns kam täglich ein Kind, um satt zu werden. Doch als 11jähriges Mädchen, lebhaft und fröhlich, mit lieben Freundinnen, einem guten Elternhaus, einer Schule, die ich gern besuchte, erlebte ich glückliche Jahre in Rendsburg als Backfisch und Jugendliche, bis die Härte des Krieges nur die Freude des Überlebens mir schenkte.

Immer noch liegt mein Enkel schlafend auf dem Sofa.

Wenn er einmal so alt sein wird wie ich, wird er sich sicher auch an eine fröhliche Kindheit, allerdings mit anderen Begebenheiten, erinnern. Auch er wird feststellen, wie schnell die Zeiten sich wandeln.

Weitere Episoden aus dem Leben eines Altstadtkindes

Erinnerung an einen schönen Sommer-Sonntagmorgen. Mit den drei Jürß-Schwestern spazierte ich durch die Wallstraße, natürlich wir alle im Sonntagskleid. Da sagte Margot:»Alles, was ich anhabe, ist weiß!« Ja, alle drei trugen weiße Voile-Kleider, von der Mutter bunt bestickt.

Es gab in der Familie noch zwei Brüder. Außerdem half die Mutter ihrem Mann in seiner Zigarrendreh-Werkstatt. Wie hat diese Frau es ohne weitere Hilfe geschafft, neben dem großen Haushalt, ohne Waschmaschine, alles für die Kinder zu nähen, ja, sogar noch kunstvoll zu besticken?

In diesen Jahren gab es durchaus Not und Armut. Ab 1928 ging ich in die Grundschule Altstadt. Niemals bekam ich von zuhause als Schulbrot etwas anderes mit als Schwarzbrotschnitten. Schon ein Stück Weißbrot oder gar eine Semmel hätten einige Kinder vielleicht traurig stimmen können. - Auch hörte ich damals, als es nur Ledersohlen gab, daß es den Eltern oft schwerfiel, die Schuhe neu besohlen zu lassen. Höchstens ein Paar Schuhe je Winter oder Sommer war üblich für ein Kind, und Ledersohlen sind alle vier Wochen bei ständigem Tragen durchgelaufen.

Damals bewunderte ich die schwere Arbeit der Männer, die am Obereiderhafen, auf langen Brettern kleine Schiebkarren balancierend, die Kohlenschiffe entluden.

Wir Kinder spielten oft in den Anlagen an der Altstädter Schule. Wo heute ein Parkplatz, Bushaltestellen und rasende Autos das Bild beherrschen, standen damals hohe Bäume, Bänke an Spazierwegen, und der Eiderarm reichte noch weiter um die Schule herum. – Ruhig saßen wir auf einer Bank. Da erschien die stadtbekannte Fischfrau Mutter Schumacher mit ihrer üblichen Begleitung am langen Band. »Oh, ein Affe!« Ich höre heute noch unseren Ausruf. Empört Mutter Schumacher: »Das ist **kein** Affe, das ist Wally!« – wütend ob unserer Unkenntnis sie – und wir huschten davon.

Man konnte weitertrollen durch die Schleuskuhle (heute Holsteiner Straße). Gefahren vom Verkehr drohten uns Kindern nicht. Vielleicht begegnete uns ein Wagen mit starken Pferden davor, die Bierfässer oder Speditionsgüter der Firma Denker transportierten – oder auch »Kübelwagen«. Das Hufgetrappel auf dem Kopfsteinpflaster konnten wir von weitem hören, den letztgenannten Wagen allerdings auch riechen.

Neben den Gastwirtschaften in der Schleuskuhle stellten die Bauern ihre Wagen ab, wenn sie zum Wochenmarkt auf dem Schiffbrücken- oder Schloßplatz kamen. »Ausspann« für Pferde und Menschen.

Nun führte mich der Weg weiter bis zur »kleinen« Schleuse, der Klappbrücke westlich des Schleusenbeckens.

Pferde hinterlassen bekanntlich »Äpfel«. Und es gab reichlich Pferde! Also lagen ihre Hinterlassenschaften auch auf der Schleusenmitte. Passierte ein Schiff die Eider, hoben sich die zwei Schleusenteile, bis sie senkrecht standen, ganz allmählich. – An der Schranke erwartungsvolle Kinderaugen: »Wann, wann, wann ...? Und **nun**!«

Da kullerten die Pferdeäpfel endlich herunter.

Übrigens war es ein stadtbekanntes Bild, daß sowohl

Erwachsene wie auch Kinder mit Handfeger und Schaufel die »Äpfel« sammelten, oft sogar in einem Blockwagen. Die Gärten freuten sich darüber, und gute Erdbeeren schmecken eben besonders lecker!

1932 wurde ich umgeschult ins Städtische Lyzeum an der Eisenbahnstraße neben dem Theater, wo heute ein großer Neubau steht.

Für nur sechs Klassen eine ganze Schule mit Aula, Musiksaal, Zeichensaal und eigener Turnhalle, welch ein Luxus.

Wir Kleinen staunten und standen ehrfürchtig vor dem strengen Herrn Direktor Müller.

Weil ich in der Nähe wohnte, war ich mit dem Schlüsseldienst für unsere Klasse beauftragt. Das bedeutete, jeden Mittag ordnungsgemäß die Klassentür abzuschließen. Das war nicht schlimm, aber **dann**! Auf dem langen Flur mit dem Holzfußboden durfte ich nicht laufen. Keine Menschenseele mehr zu sehen, und da mußte ich als wildes Kind langsam gehen, eine Strapaze fürwahr.

In der Sexta standen wir 35 Kinder nach einem Wandertag an der Schleuse, um uns von unserer Lehrerin, Frau Fahland, zu verabschieden. Jede mußte Frau Fahland die Hand geben, einen Knicks machen und jede mußte sagen: »Vielen Dank, daß Sie mich mitgenommen haben«. Das fünfunddreißigmal! Ich glaube, keine von uns damals 10jährigen wird es jemals im Leben vergessen, sich nach einem Besuch oder einer sonstigen Veranstaltung zu bedanken. Dieser Satz von damals ist uns in Fleisch und Blut übergegangen.

Leider mußten wir nach 1 ½ Jahren diese großzügige kleine Schule verlassen und umziehen zur Staatlichen Aufbauschule in der Ritterstraße. Nach der letzten Untersekunda (das waren wir) gab es nur noch die Oberschule – später Gymnasium mit dem Namen

Helene-Lange-Schule.

Auch nach dem Umzug von 1934 steht die »HEBE« als Kunstwerk noch immer auf dem Schulflur, eine Zierde, auch wenn sie zu unserer Zeit oft die rote Bleyle-Baskenmütze von unserer Lehrerin, Fräulein Gerling, würdig trug. Ich vermute, daß manche Zigarettenkippe von einem Lehrer in ihrer Hand landete.

Der Zeit entsprechend waren wir alle im BDM (Bund Deutscher Mädel), die meisten unserer Klasse als Führerin der Jungmädel im Alter von 10-14 Jahren. Wir bemühten uns, Vorbild zu sein und leiteten die Kinder im Sport und gestalteten Heimnachmittage mit Singen, Werkarbeit und, der Jahreszeit entsprechend, mit Themen wie Weihnachten, Karneval, Vorarbeiten für Wanderfahrten, Märchennachmittage und Heimspiele. Selbst erarbeitete Märchenspiele wie Schneewittchen oder König Drosselbart brachten sogar im Theater ein volles Haus. Das bedeutete große Freude auf allen Seiten, ganz ohne Hilfe von Erwachsenen.

Das Schönste aber waren die Lager und Radfahrten während der Ferien. In Jugendherbergen und Zeltlagern wuchs das Gefühl der Kameradschaft.

Das bewog uns, Ostern 1937, als 15jährige, wir hatten die Klassenunterschiede in der Gesellschaft gespürt, die so beliebten roten Klassenmützen der Untersekunda einhellig abzulehnen.

Wo ist der alte Apfelbaum geblieben ...

Wer weiß heute noch, wo Rendsburgs letzte Häuser Ende der zwanziger Jahre im Kronwerk standen?

Von unserem Balkon in der Eckernförder Straße überblickten wir den weiten Spielhof, auf dem Hein

Mück, Tante Rohwers Mischling, mit dem Nachwuchs tobte, auf dem die Wäsche sich im Wind blähte, im November Tante Hauschildts Schwein frisch geschlachtet an der Leiter hing.

Wir blickten über die Gärten hinunter zum Seekenbek, wo das Paradies unserer Kindheit lag.

Auf algenbewachsenen Steinen balancierten wir über den friedlich murmelnden Bach, rutschten ab, kümmerten uns nicht um nasse Socken und Schuhe, sondern inspizierten ausdauernd und sorgsam, was sich in dem sprudelnden Wasser tummelte: Kaulquappen im späten Frühjahr, sommertags die gefräßigen, sausenden Libellenlarven; aufregend, weil unheimlich, ja furchterregend, die schwärzlich glitschigen Blutegel, von denen wir aus Erfahrung wußten, daß sie an unseren Beinen Blut saugen wollten und nicht zu entfernen waren, bevor sie sich satt getrunken hatten.

Plötzlich ruft aus einer der hohen Erlen am Nordufer des Seekenbeks mein Bruder Karsten herunter: »Die Pferde werden auf die Weide getrieben! Versteckt euch!«

Vier, fünf, sieben schwere, gutmütige Kaltblüter traben, ledig des Geschirrs, durchs hohe Gras, übersät mit Wiesenschaumkraut. Die Braunen wälzen sich, wiehern schallend, senken die Köpfe und rupfen das saftige Grün. Ihr Tagewerk ist beendet.

Sie zogen die Eiche-Bier-Wagen mit den bauchigen, eisenbebänderten Tonnen, die allwöchentlich rumpelnden Kübelwagen, die feierlichen Leichenwagen. Vor den Bierwagen trugen sie blau-weiß-rote Rosetten als Kopfschmuck. Vor den Leichenwagen mit dem glänzenden Sarg unter den fransengeschmückten Vorhängen gingen die Pferde unter ihrem schwarzen Überwurf, als bedächten sie den Ernst der Abschiedsstunde. Gestickte Initialen schimmerten silbern und die

Federn auf den Köpfen wippten bei jedem ihrer gemessenen Schritte.

Nach der nächtlichen Ruhepause auf der Wiese beginnt ihr Tagwerk von neuem am nächsten Morgen.

Wir Kinder werden zum Abendbrot gerufen. Karsten steigt herunter von seinem Ausguck auf den knackenden Ästen, und wir pflücken eilends einen dichten Strauß gelber Butterblumen im Erlengrund, hüpfen über den Seekenbek, rennen den Gartenweg hinauf. Wenn ich heute – 1997 – dort stehe, sehe ich ein kanalisiertes, seiner Eigenwilligkeit beraubtes Gewässer, keine blaue Libelle, keinen Frosch, keinen Stichling, keine spielenden Kinder und keinen Apfelbaum...

Häuser und Straßen haben das Paradies einer glücklichen Kindheit zugedeckt.

Kindertage auf dem Margarethenhof

Im Juni 1996 war ich zu einer fröhlichen Geburtstagsschiffahrt auf der Untereider eingeladen.

Wir fuhren aus dem Hafen und sahen nach kurzer Zeit den Deich und dahinter die Eiderwiesen. Hinter dem abgeflachten Deich erblickte ich mein altes Elternhaus, doch der schöne Treppengiebel fehlte. In dem einst so großen Garten stand ein neues Gebäude.

Einige hundert Meter weiter entdeckte ich den Margarethenhof, früher Eigentum der Stadt Rendsburg und an den Bauern Heinrich Gloyer verpachtet.

Meine Geschwister Ruth, Peter, Heinrich und ich verbrachten viele glückliche Tage auf diesem Hof. Der Bauer, sehr kinderfreundlich, erlaubte uns, überall umherzutollen.

Der Hof erschien uns wie ein kleines Gut.

In der Mitte stand das Wohnhaus mit einer Freitreppe, links und rechts die Stallgebäude für die Tierhaltung.

In den Ferien fand ich mich schon frühmorgens auf dem Hof ein. Ich durfte auf dem Milchwagen durch die Straßen des Kronwerks mitfahren. Vorn auf dem Kutscherbock saß ich neben dem Sohn des Bauern, auf der Ladefläche standen die Milchkannen. Der braune Wallach Emil trabte unermüdlich.

Vor den Häusern klingelte Peter Gloyer mit seiner Glocke die Frauen heraus, die mit Töpfen und Kannen herbeieilten, um die noch warme, sahnige Milch für den Tag zu kaufen. Das Geld steckte Peter in seine abgewetzte Ledertasche.

Die Kunden begrüßten wir:»Moin, moin«, und beim Weiterfahren hieß es vertraulich:»Tschüß ok!« »Hallo«, sagte damals niemand.

Zum Verkauf auf dem Schiffbrückenplatz mußten wir oft vor der Schleusenbrücke über die Eider halten. Die Brückenhälften hoben sich, ein Fischkutter fuhr in das Schleusenbecken zwischen Ober- und Untereider.

Ich blickte von meinem Kutscherbock den Fluß hinunter bis zum Klint mit seinen Bauernhäusern. Fischer Otto senkte gerade das eckige Netz in den Fluß, auf einen guten Fang hoffend.

Bald kurbelten zwei Schleusenwärter die Brücke wieder herunter, eine eiserne Schwelle schloß die Lücke in der Mitte.

Unser Wagen klapperte hinüber, und wir kutschierten durch die Scheuskuhle auf den Schiffbrückenplatz. Dort umringte uns die erwartungsvolle Käuferschar.

Zurück auf dem Margarethenhof lief ich in die saftigen Wiesen mit tausenden blühender Sumpfdotterblumen und Wiesenschaumkraut.

Auf diesen sumpfigen Wiesen erbeutete regelmäßig ein Storchenpaar seine Frösche. Sein Nest stand auf dem hohen Schornstein der Gärtnerei Hansen neben meinem Elternhaus.

Da ruft mich die Bäuerin:»Du kannst die Eier einsammeln!« Mit einem Korb laufe ich in den Hühnerstall. Noch warm liegen die Eier im trockenen Heu der Nester. Manchmal entdecke ich sogar ein hellblaues Entenei im Graben.

Hinter dem Hühnerstall lag die Obstwiese mit den alten Apfelbäumen. Hühner scharrten dort, die Glucken führten ihre goldgelben Küken, wir durften uns Äpfel sammeln, kleine, dunkelrote, zuckersüß. Nie wieder habe ich so köstliche Äpfel gegessen.

Abends half ich beim Melken. Schon mit zehn Jahren konnte ich eine Kuh vollständig ausmelken, und Bauer Gloyer meinte regelmäßig:»Deern, du hest di dat Abendeeten vadeent.« Alle, Bauer und Bäuerin, Knechte und Mägde sowie wir Kinder, saßen an einem langen Tisch auf einfachen Holzbänken bei Milchsuppe und Bratkartoffeln mit Speck.

Nach dem Essen durften wir die Pferde auf die Weide reiten. Wir trabten hoch zu Roß durch den ungepflasterten Rotenhöfer Weg bis fast nach Fockbek. Zurück ging's zu Fuß.

Am schönsten war das Wintervergnügen auf dem Margarethenhof. Der Bauer öffnete die Siele zur Eider und zur Klinter Au. Das hereinströmende Wasser überschwemmte die Wiesen etwa einen halben Meter. Bald bildete sich eine Eisdecke in den kalten Dezembertagen, eine blitzende, gefahrlose Eisbahn für Rendsburgs Jugend.

In nächster Nähe zum Hof schlugen die Knechte das inzwischen wohl 15 cm dicke Eis mit schweren Äxten zu Rechtecken auf. Bauer Gloyer verlud sie auf seinen Pferdewagen und verkaufte die eisige Fracht den Rendsburger Brauereien. Übrig blieben auf dem offenen

Wasser einige Eisschollen.

Ich schipperte gern auf einer der größeren Schollen. Eines Tages brach sie in der Mitte. Bis über den Kopf rutschte ich ins eisige Naß. Doch nach wenigen Schritten zum benachbarten Elternhaus lag ich schnell im heißen Bad. Zur Strafe erhielt ich einen Hausarrest.

Oft durften wir Kinder uns nach dem Schlittschuhlaufen im Kuhstall wärmen. Der Atem der Tiere dampfte. Wir streichelten das rauhe Fell der Kälber und spielten mit den schmusigen Kätzchen.

Manchmal holte uns der kinderfreundliche Bauer in seine Wohnstube mit dem gemütlichen Kachelofen und schenkte uns brutzelnde Bratäpfel aus der Ofenklappe.

Für uns war der Margarethenhof eine heile Welt, wo wir uns glücklich und »reich« fühlten, reich an Erlebnissen und heute reich an Erinnerungen.

Ein Sommertag

»Fährst du uns zur Schwimmhalle?« »Nein, das Wetter ist so schön, können wir nicht an die Nordsee fahren?« »Das dauert viel zu lange! Ich möchte nach Eckernförde!« So klingt es heute.

Vor siebzig Jahren ging's bescheidener: »Dürfen wir zum Baden fahren?« Damit war das Ziel klar: die Rendsburger Badeanstalt.

Sorgfältig packen mein Bruder und ich die Badesachen. Zu der Zeit sind Straßen und Wege holprig, mit Kopfsteinen gepflastert oder naturbelassen, sandig. Das Badebündel muß also stramm gerollt werden, soll es nicht verloren gehen. In den ausgebreiteten, selbstgenähten Bademantel - noch heute sehe ich das rot-gelbe Schneckenmuster - wickle ich die Bademütze, den wollenen Badeanzug, zwei Scheiben Brot und die

Banane. Das Portemonnaie mit dreißig Pfennig Eintritt kommt in die lederne Satteltasche meines Fahrrades, Marke Grecos. Nun werden die Räder aus dem Keller auf den Hof geschleppt, bepackt, und los geht's. Mutter ruft noch hinterher: »Aber nicht gleich ins Wasser springen nach dem Mittagessen!«

Eckernförder Straße, Adolfstraße, Gerhardsteich, dann das erste Hindernis: die Schleuse. Die Holzbretter klingen hohl, man muß aufpassen, daß das Fahrrad auf den dampfenden Pferdeäpfeln nicht ins Rutschen kommt. Die Obereider erreichen wir durch einen dumpfen Tunnel, von dessen gelben Steinwänden das Wasser tropft. Eiderhalle, Regatta- und Tennisverein, Gasanstalt. Hier müssen wir schieben. Dreimal zwei Stufen überwinden die Steigung. Das Leuchtgas aus den beiden Gasometern hat den Boden bläulich-grün verfärbt, es riecht stark, und trotzdem hüpfen unzählig viele winzige Frösche an der Mauer entlang.

Die Strafanstalt, heute liegt auf dem Gelände die Parksiedlung, passieren wir als letzten Gebäudekomplex am Rande der Stadt. Der Knick, der den Sandweg begrenzt, spendet ein wenig Schatten in der Mittagshitze. Jetzt geht es den Abhang hinunter zur Eider, zur Badeanstalt an der Arme-Sünder-Bucht. Unter ihrem Laubdach am Hang sitzt wie immer die dicke Frau G. auf den zwei Stühlen, die braucht sie, vor ihrer Holzhütte. Jedem ruft sie zu: »Na, geht's wieder ins Wasser!«

Der Geruch der Badeanstalt steigt mir noch heute nach fast siebzig Jahren in die Nase: die hölzernen Kabinenreihen, links die Jungen, rechts die Mädchen, jeweils am Ende die große Sammelkabine, wurden in jedem Frühjahr satt mit Karbolineum gepinselt, die weißen Fensterchen natürlich nicht. Der Duft des

Teerproduktes gehörte zur Badeanstalt wie das Ehepaar Born. Und beides gehörte zu jenen Sommertagen.

Frau Born, mütterlich, freundlich, nimmt uns das Eintrittsgeld ab, reißt den hellgrünen, vom Herumliegen in der Sonne verblichenen Quittungszettel von ihrem Block und übergibt den Kabinenschlüssel. An der großen Schlüsselöse hängt das solide Holzschild mit der Kabinennummer. Das frisch geölte Schloß quietscht nur leise beim Öffnen der Tür.

Ein Badenachmittag an der Eider beginnt. Rechts und links der Brücke, Mädchen und Jungen wieder getrennt, liegen die flachen Nichtschwimmerbassins. Den sandigen Boden des Flusses kann man in dem bräunlichen Wasser erkennen. An der Treppe, die Stufen sind mit Sisal bespannt, ist das Wasser wohl 1 m tief.

Wieder steht man vor einer langen Kabinenreihe, diesmal für Damen und Herren, und in dem trennenden Mittelbau mit dem Ausguck nach allen Seiten herrscht Herr Born. Er bleibt den Generationen, die ihn erlebten, unvergessen. In gestärktem Weiß mit Goldknöpfen wachen blitzende dunkle Augen über alle und alles. Seine energische Stimme »Eins-zwei- und dreiii« für den werdenden Schwimmer an der Angel übertönt jeden Köpper und·Bauchplatscher. Niemand wagt je einen Zweifel an seiner Autorität. Eltern wissen ihre Kinder unter seinen Augen sicher auch im 3 m tiefen Eiderwasser in dem großen Bassin hinter der zweiten Kabinenreihe. In einer der Kabinen führt durch ein Loch im Fußboden eine Treppe zwischen den Stützpfählen ins Wasser. Genierliche ältere Damen konnten aus dieser Kabine ungesehen hinausschwimmen.

Den 5 m hohen Sprungturm mit der Rutsche, den Sprungbrettern in 5 m und 3 m Höhe hat Bademeister

Born stets im Blick, wie auch die waghalsigen Schwimmer, die unter den glitschigen Begrenzungsbalken an den roten Bojen hindurchtauchen, um zur Büdelsdorfer Badeanstalt mit dem eindrucksvollen 10-m-Turm hinüberzuschwimmen.

Zu ihrer Zeit schenkte die Rendsburger Badeanstalt mit Papa Born der Rendsburger Jugend Badespaß, Sicherheit und das Gefühl der Freiheit in einem Element, das immer wieder zur Bewährung herausfordert.

Büdelsdorfer Badeleben

Büdelsdorf, ein Wohnort von 5000 Einwohnern zu damaliger Zeit, lebte von und mit seiner Carlshütte. Nach seinem Gründer Holler waren die schönen Anlagen benannt, die an oder oberhalb der Eider entlang führten. Hier spazierte man an den Wochenenden, denn Autos hatten damals noch Seltenheitswert.

Neben einer kleinen Badestelle und unweit der Anlegebrücke für den Ausflugsdampfer nach Borgstedt lag die »Eiderlust«, ein kleines Lokal mit großer Terrasse, ein Anziehungspunkt besonders im Sommer. Der zweite Anziehungspunkt war unsere Badeanstalt. Sie stand auf Pfählen im Wasser, eine Holzbrücke führte zu ihr. Zur West- und Ostseite lagen die Einzel- wie auch ein paar Sammelkabinen. An der Kasse kam keiner vorbei. Da saß zu meiner Zeit Bademeister Seemann, ein ehemaliger Feldwebel, der mit strenger Hand alles gut im Griff hatte. Er erteilte auch den Schwimmunterricht, der sich wie folgt abspielte: Der Schwimmuntüchtige bekam einen Gurt umgelegt, befestigt an einer langen Leine. Diese Leine hing wiederum an einem Seil, das über das ganze Schwimmbecken von einer Seite zur anderen lief. Da hing nun der zukünftige Schwimmer und wurde erbarmungslos von Meister Seemann kommandiert: »Eins, zwei – und drei.« Nach diesem Kommando hatte er Arme und Beine zu bewegen. Seemann war ein guter Pädagoge, denn der Erfolg, d.h., sich über Wasser zu halten, stellte sich bald ein. Ich verdanke ihm meine Schwimmtechnik, die ich mit 8-9 Jahren erlangte. Bei meiner jüngeren Schwester ersparten meine Eltern sich den Unterricht. Sie durfte sich bei mir die Technik abgucken.

Ein paar Jahre später, wir wagten schon mal einen Blick auf das andere Geschlecht, Freundschaften bahnten sich an, wurde die Büdelsdorfer Badeanstalt unser täglicher Treffpunkt. Mit einer Dauerkarte konnten wir uns unserem Vergnügen stundenlang hingeben. Der Sprungturm mit seinen 3-, 5- und 10-m-Brettern bildete die Attraktion. Wenige wagten den Sprung aus der höchsten Höhe. Mich kostete es unheimlich viel Überwindung, vom 5 m-Brett zu springen. Die Rendsburger Badeanstalt lockte in Sichtweite. Für geübte Schwimmer kein Problem, ihr einen Besuch abzustatten, auch wenn die Eider an dieser Stelle eine beachtliche Breite hatte.

Wer nun meint, wir hätten uns nach dem Baden von unserem kümmerlichen Taschengeld hin und wieder ein Eis an dem kleinen Wägelchen mit seinen Behältern für Vanille- und Erdbeereis geleistet, der irrt. Etwas anderes war es, wenn unsere Mütter uns begleiteten, die sich vorher mit 5 Pf-Stücken von Bäcker Reimers eingedeckt hatten. Dann saßen wir gemeinsam auf der Terrasse der »Eiderlust« nach dem Baden. Die Mütter genossen zum Kuchen eine Tasse Kaffee, und wir Kinder tranken glücklich unsere Brause, giftgrün oder schön orange.

Jetzt erinnert nichts, aber auch gar nichts mehr an eine Zeit, die für uns mit Gedanken an unbeschwerte Fröhlichkeit verbunden ist. Von der Badeanstalt ist nicht ein Holzpfeiler mehr vorhanden, die »Eiderlust« brannte vor Jahren aus, und der kleine Eiswagen gehört längst der Vergangenheit an.

Ein Cocktail aus Erinnerungen

An einem kalten Wintertag im Jahre 1926 durften wir, mein Bruder und ich, unsere Schlitten mit unseren Kostbarkeiten, den Spielsachen, beladen. Wir zogen von der Hebbelstraße in die Königskoppel um. Dort hatte mein Vater ein solides Rotsteinklinkerhaus erbauen lassen, eines der ersten in dieser Straße. Innerhalb weniger Jahre war die Koppel bebaut, vorwiegend von Lehrern, Kollegen meines Vaters.

Die sogenannte »Koppel« zwischen unserer Straße und der »Neuen Kieler« diente uns Kindern als Spielplatz. Wir buddelten Höhlen, legten kleine Gärten an, pflückten Blumen (manchmal auch »echte« -- vielleicht aus früheren Gärten?) und ließen im Herbst unsere Drachen steigen.

Wenn ich »wir« sage, dann meine ich meine alte Freundin Linde und mich. Als Nachbarskinder wuchsen wir wie Geschwister auf.

Schräg gegenüber wohnte Pastor Lübbert. Er war eine in Rendsburg sehr geschätzte Persönlichkeit: Er besuchte die Armen und Kranken, er fehlte nicht bei öffentlichen Anlässen. Seine Frau nannten wir Tante Liesbeth. Mit den Kindern Konrad und Jens, jünger als wir, spielten wir oft.

Die Kindergottesdienste in der Marienkirche besuchten wir gern. Im Frühjahr und Sommer fanden sie auch im Nobiskrüger Gehölz statt.

Wenn Pastor Lübbert zu uns, zu jedem einzelnen sprach, wenn am Boden zwischen frühlingsfrischem Gras die Buschwindröschen blühten, Meisen und Amseln sangen, wenn über uns das erste hellgrüne Laub der Buchen sproß und darüber der blaue Himmel leuchtete, dann, glaube ich, fühlten wir uns dem lieben Gott ein wenig näher.

Einmal erzählte unser Pastor, er habe bei einer Familie zu Mittag gegessen: Pellkartoffeln mit Salz. Obgleich wir damals alle bescheiden lebten, hat mich das sehr erschüttert.

Wenn wir Pastor Lübbert manchmal hinter seinem Rücken »Laster Pübbert« nannten, niemand hielt das für diskriminierend – eher für vertraulich.

Das Nobiskrüger Gehölz war oft unser Ziel, besonders an warmen Tagen. Wir fuhren mit unseren Puppenwagen hin. Für unsere Begriffe lag es weit weg, am Ende der Welt. Leise näherten wir uns dem Wald, vielleicht unterbrach ein Vogelgezwitscher die Stille. In manchen Jahren drang das laute Kreischen der Krähen zu uns herüber.

Sonntags machte die ganze Familie sich auf zu einem Spaziergang ins Gehölz. Mitten im Wald lag ein Restaurant mit einer Veranda. Kaffee, Kuchen, Eis, alles, was das Kinderherz begehrte, lockte. Und wir bewunderten einen Pfau, der, wenn wir Glück hatten, ein Rad schlug. Die schönsten Farben breitete er buchstäblich vor uns aus. Und nach dem Kaffee gehörte uns der ganze Wald zum Spielen.

Auch im Winter, wenn genügend Schnee lag, zog es uns in Richtung Nobiskrüger Gehölz. Wie herrlich war es, mit dem Schlitten den Bahndamm hinunterzurodeln!

Die Häuser der Bismarckstraße entstanden Anfang

der zwanziger Jahre. Dort kauften wir bei »unserem« Bäcker, »unserem« Schlachter, »unserem« Kolonialwarenhändler (so nannte man es damals) und in »unserem« Schreibwarenladen ein.

Das Eckhaus Bismarckstraße 1 baute der berühmte Architekt H. Höger aus Hamburg, wie auch die Christian-Timm-Schule an der Neuen Kieler Landstrasse. Leider hat unser damaliger Bürgermeister Timm die Fertigstellung nicht mehr erlebt.

Die Kautabakfabrik in der Bismarckstraße muß auch Ende der zwanziger Jahre entstanden sein. Den Duft nach Backpflaumen meine ich heute noch zu riechen, wenn ich daran vorbeikomme.

Es gibt viele unvergeßliche Erlebnisse aus der Kindheit. Manches ist vergessen, manches taucht wieder auf.

Einer der Jagdfreunde meines Vaters war Doktor Bamberger. Seine Praxis lag in dem weißen Haus in der Moltkestraße/Ecke Wrangelstraße.

Welch ein Ereignis, wenn wir, meine Eltern, mein Bruder und ich, mit ihm und seiner Frau in seinem großen Auto nach Emkendorf fahren durften.

Nie vergesse ich das romantische Forsthaus »Hopfenkrug« mit seinem Teich, in dem Karpfen und Schleie schwammen. Wenn wir Glück hatten, sahen wir im Wald einen weißen Hirsch mit einem mächtigen Geweih.

Ein Ereignis aus früher Kindheit fällt mir dazu noch ein: Ich tobte mit den Freunden meines Bruders (wir bestreuten uns gegenseitig mit Sand) auf den Treppenstufen zum Haus und schlug heftig mit dem Kopf auf die Steine. Mein Vater, damals noch Lehrer an der alten Mittelschule bei der Marienkirche, wurde herbeigeholt, und wir fuhren mit dem Taxi zu Dr. Bambergers Praxis. Als ich auf dem Tisch lag, auf dem die Wunde versorgt wurde, rief der Arzt überrascht: »Das ist ja ganz die Mutter!« Schockiert dachte ich: »Mein Gott, siehst du schon sooo alt aus?«

Doktor Bamberger half vielen Menschen, arme oder arbeitslose Kranke behandelte er umsonst. Ich sehe ihn noch vor mir mit seinem dunklen, lockigen Haar. Rendsburgs Bürger verehrten ihn, obwohl er Jude war. Selbst der Bürgermeister hielt seine »schützende Hand« über ihn. Als kurz vor dem zweiten Weltkrieg seine Klinik von den Nazis geschlossen wurde und er nicht mehr praktizieren durfte, zog er in ein kleines Haus nach Remmels, der Heimat seiner Frau. Und es kam die Zeit, in der man kaum seinen Namen nennen durfte - es wurde still um ihn. Als er keinen Ausweg mehr sah, nahm er sich das Leben. Seine vielen Freunde und seine ehemaligen Patienten waren tief erschüttert.

Sehr viel später begegnete ich Frau Bamberger einmal. Während ich sie ansprach, rief sie freudig: »Eike, besuchen sie mich doch einmal in der Lilienstraße!« Ich habe es dann leider unterlassen. Warum eigentlich?

Die frühere Synagoge in der Prinzessinstraße wurde nach dem zweiten Weltkrieg zu Ehren dieses geschätzten Mannes »Dr. Bamberger Haus« getauft. Hier stellen Künstler ihre Werke aus, Lesungen und Vorträge werden gehalten, und immer wieder weckt das Haus die Erinnerung an Dr. Bamberger.

Kennt ihr noch die Strafanstalt, genau gesagt die »Strafvollzugsanstalt«? Es war ein großer Komplex in der »Neuen Kieler« gegenüber der Berufsschule. Eine hohe Mauer mit Stacheldraht und Eisenspitzen umgab das ganze Gelände. Das schwere Eisentor führte direkt auf die Anstalt zu mit der halbrunden Eisentür. Rechts und links schlossen sich die Verwaltungs- und Gefängnistrakte an. - Mein Großonkel arbeitete als Oberlehrer dort. Mit einem riesigen Schlüssel schloß er das Tor für mich auf.

Von der großen, kahlen Halle aus konnten wir einen Blick in die langen, rechts und links abzweigenden Gänge werfen.

Vor der Anstalt standen zwei hohe graue Gebäude. In einem wohnte der Gefängnispastor Schröder, in dem anderen Familie Springbrunn. Herr Springbrunn leitete die Verwaltung.

Gleichmäßig über das ganze Gelände verteilt ragten hohe graue Wohnblöcke empor: Wohnungen für die Aufseher und die Verwaltungsangestellten. Vom Bahndamm überblickte der Reisende aus dem Zugfenster den ganzen Komplex. Bekanntlich hatte Rendsburg schon immer viele Kasernen. Manchem Soldaten ging auf der Hochbrücke der Spruch durch den Kopf: »Kommst du nach Rendsburg aus der Ferne, siehst du Brücke, Zuchthaus und Kaserne«.

Ein kleiner weißer Sandstrand zwischen Bäumen und Sträuchern diente den Angestellten und ihren Kindern zum Baden.

Aber da war noch etwas anderes, was uns anzog. Auf der Ostseite des Geländes an der Eider lag ein Wäldchen mit grasbewachsenen oder kahlen Sandhügeln. Man erzählte sich, daß dort die Schwerverbrecher hingerichtet wurden. Ob es stimmt, weiß ich nicht. Obgleich uns jedesmal ein Schauer über den Rücken lief, zog es uns immer wieder dort hin: an die Armesünder-Bucht.

Die zahlreichen Schrebergärten auf dem Gelände gehörten den Angestellten. Dazwischen lagen kleine Feuerlöschteiche, auf denen wir im Winter gern Schlittschuh liefen.

Manchmal zog ein Trupp Häftlinge mit schwarzweiß gestreiften Anzügen und einem schwarzen Käppi auf dem Kopf durch die Straßen. Vorn und hinten ging ein bewaffneter Aufseher. Wir schauten in die Gesichter der Häftlinge. Was mochten sie verbrochen haben?

War vielleicht ein zum Tode Verurteilter dabei?

Lebhaft erinnere ich mich an unsere Tanzstunde bei Herrn und Frau Ahrendt. Meistens fand sie in der damaligen »Harmonie«, im heutigen Pellihof, statt. Jungen und Mädchen saßen einander gegenüber. Schritte ohne Partner wurden zuerst eingeübt. Dann ging es richtig los: Der Marschtanz. Papa Ahrendt fiedelte auf seiner Geige, Mutter Ahrendt beobachtete scharf. Und wenn es mit dem Takt und den Schritten gar nicht klappte, griff sie ein. Sie drückte den unbeholfenen Anfänger, meist einen Jungen, fest an ihren üppigen Busen, und es hieß: »Vor - zurück - tour de meng« (des mains) usw. Die ersten harmlosen Freundschaften entstanden. Heimlich fragten sich die Mädchen, wer wohl wen nach Hause bringen würde.

Zum Abtanzball, dem Höhepunkt, erschienen die Eltern und beobachteten ihre Kinder genau.

Ich kann mich noch gut an eine Tanzstunde in Hansens Gasthof erinnern. Damals mag ich sechs bis sieben Jahre alt gewesen sein. Ich hatte lange, blonde Zöpfe, und das Ehepaar Ahrendt beschloß, die Lorelei müsse »getanzt« werden. Auf der Bühne stand ein Hocker, darüber breitete Frau Ahrendt eine grüne Decke aus. Ich mußte mich oben auf den Hocker (Lorelei-Felsen) setzen und meine Haare lösen und bekam einen großen Kamm in die Hand. Dann sollte ich aufstehen und meine Haare kämmen, während ein Schwarm von Elfen mich umschwebte, das Lorelei-Lied sang und Meister Ahrendt dazu hingebungsvoll auf seiner Geige spielte. Aber es kam anders. Beim Aufstehen vom Felsen stieß ich mit dem Kopf gegen einen kastenförmigen Lautsprecher. Heftiges Gelächter ertönte, und die Aufführung platzte.

Einen unvergeßlichen Ausflug in die nähere Umgebung in dieser autolosen Zeit habe ich noch lebhaft in

Erinnerung. Der Spaziergang zur Bootsabfahrt nach Büdelsdorf und Borgstedt über das Eiland, eine grüne Oase mitten in Rendsburg, beeindruckte jeden. Doch erst einmal gingen wir an der Christian-Timm-Schule vorbei und dann durch die »grüne Hölle«, den Gasweg. Rechts standen die beiden mehr oder weniger gefüllten Gasometer, oben auf der anderen Seite lagen die Gärten der Stormstraßen-Bewohner. Grün und glitschig waren der Weg, die Mauer und die Zäune der Gärten. Ich kann mir gar nicht denken, daß die Bewohner dort überhaupt Obst und Gemüse ernteten.

Aufatmen konnte man erst am Ende des Weges, am Eiland mit seinen hohen Laubbäumen und dem grasbewachsenen Hügel. Unterhalb der Tennisplätze führte eine weiße Holzbrücke zur Eiderhalle, einem langgestreckten weißen Gebäude. Tische und Stühle am Wege luden zum Sitzen ein. Der Blick auf den Yachthafen mit den weißen Segelbooten, auf den Obereiderhafen und das grüne Eiland ließ die unmittelbare Nähe der Altstadt vergessen.

Von der Eiderhalle aus benötigten wir nur wenige Schritte hinunter zum Mähl'schen Bootshaus unten in der Bucht. Für fünf Pfennige konnte man sich von dort zur Carlshütte hinübersetzen lassen. Zehn Pfennige kostete es bis zur Badeanstalt Büdelsdorf mit ihrem weißen Sandstrand, mit den kleinen Muscheln unter den hohen Bäumen der Hollerschen Anlagen.

So ist meine Erinnerung. Jahre später war der weiße Strand grau, und statt der Muscheln entdeckte ich nur noch Steine.

Vom Obereiderhafen aus fuhren etwas größere Schiffe nach Borgstedt. Auf der Backbordseite tauchten hinter den ausgedehnten Fabrikgebäuden der Carlshütte und den sich anschließenden Arbeiterhäusern die Hollerschen Anlagen mit der Büdelsdorfer Badeanstalt auf. Dahinter erstreckten sich Felder und Wiesen mit Knicks, auf denen im Vorfrühling der Schwarzdorn leuchtete und im Sommer 'die Heckenrosen blühten. Herrliche Spaziergänge machten wir dort. Wenig später erreichte das Schiff die ersten Häuser von Borgstedt.

Die Rendsburger Seite, vom Obereiderhafen aus gesehen, war abwechslungsreicher: Rechts tauchte das Eiland, von der Wasserseite aus gesehen, vor uns auf. Es folgten die Stadtwerke, umgeben von einem Schilfgürtel, die Bootshäuser, das Strafanstaltsgelände mit den hohen grauen Häusern, und in der Armesünder-Bucht lag unsere Rendsburger Badeanstalt. – Klopfen, Hämmern und Zischen schallte zu unserem Boot herüber. Wir hatten die Werft Nobiskrug erreicht, wo eifrig auf den dort liegenden Schiffen gearbeitet wurde.

Woher kam plötzlich der Gestank? Die Düfte wehten von der Düngerfabrik herüber, nicht immer, je nach der Windrichtung. Knochen wurden zu Dünger, Futterzusätzen und Leim verarbeitet und mit den Schiffen, die am Kai festmachten, in alle Länder versandt.

An der Kanaleinfahrt erkannten wir Audorf, die Rader Insel glitt vorbei, mit dem Festland durch eine Brücke verbunden. Schließlich legten wir an: Borgstedt, Gasthaus Lensch war unser Ziel.

Vorbei an grunzenden Schweinen marschierten wir auf der grünen Wiese hinauf zu den kleinen Jasmin-Lauben mit Holztischen und Stühlen.

Wir genossen alles, was sich uns bot: das Essen, die Getränke, den herrlichen Blick über das grüne, weite Land mit der Eider tief unten.

In diesem Zusammenhang erinnere ich mich an eine lustige Episode: Mein Vater machte mit seinen Kollegen (alles Mittelschullehrer) und deren Angehörigen diesen Ausflug nach Borgstedt. Einer der Kollegen, besonders lustig und aufgeschlossen, wurde aufgefordert, auf einem Eber die Wiese hinunterzureiten. Sollte er, oben sitzend, unten ankommen, würde ihm eine Flasche Schnaps spendiert.

Die Wette wurde angenommen. Unser Spaßvogel lieh sich einen blauen Overall bei dem Wirt, zog ihn an, saß auf, hielt sich an den Ohren des Ebers fest, und der Ritt begann. Nach etlichen »Seitensprüngen« und Abwurfversuchen des verdutzten Tieres kam er unter Gejohle heil unten an.

Die Seefahrt heimwärts verlief besonders fröhlich: Die gewonnene Flasche wurde unterwegs geleert. Einige Zeit stand sie als Siegestrophäe im Schrank.

Erinnert ihr euch noch an den strengen Winter 1928/29, als ein russischer Eisbrecher das dicke Eis auf dem Kanal durchbrach?

Wir, unsere Klasse, gingen auf einem Winterausflug von der Lornsenschule zum Kanal. Dichter Schnee mit glitzernden Kristallen verzauberte die Stadt bei leuchtend blauem Himmel und strahlendem Sonnenschein. Der Kanal zog sich wie ein eisiges Band durch die Landschaft, das der große Eisbrecher durchschnitt, gewaltige Schollen kippten krachend zur Seite. Wir kehrten mit kalten Händen und Füßen zurück, aber um ein unvergeßliches Erlebnis reicher.

Das alles liegt 60 - 70 Jahre zurück, eine kurze, aber auch eine lange Zeit! War es nicht erst gestern, als wir uns aufs Rad schwangen und bei sonnigem Wetter zur Badeanstalt fuhren?

In der Vergangenheit hatten wir eigentlich immer schönes Wetter.

Wieviel Glück und wieviel Leid birgt diese verstrichene Zeit für jeden von uns.

Schön war die Jugendzeit...

Als ich zwölf Jahre alt war, zogen meine Eltern nach Rendsburg. Ich kam in die Quarta, in der ich mich gleich wohl fühlte. Nach dem Besuch der Volksschule war es meine dritte Umschulung - und es gab einige Schwierigkeiten. Ich kannte z. B. keine einzige Note, auf die Herr Sprung aber großen Wert legte. Ohne Eikes Hilfe wäre es brenzlig geworden.

Einen so flotten Turnanzug, wie unsere Lehrerin »Jette« ihn besaß, hatte ich noch nie gesehen. Hinten mit einer aufgeknöpften Hosenklappe!

Wir wußten genau, bei welchem Lehrer wir uns einen Streich erlauben konnten. Aber Autorität besaßen sie. Während der Pausen durfte kein Schüler das Schulgebäude verlassen. An der Ecke der Kirchenstraße wohnte Bäcker Ladewig, der unwiderstehlich leckere Bienenstiche für zehn Pfennig verkaufte. Eine von uns hielt sich stets bereit, ein Tablett voll der Köstlichkeiten in der großen Pause zu holen. Meistens ging es gut.

Ich denke, wir waren alle im BDM (Bund Deutscher Mädchen).

Einmal in der Woche am Heimnachmittag wurde gesungen, gebastelt, gespielt. Auf Radfahrten lernten wir Schleswig-Holstein und sogar Ostpreußen kennen. Wir übernachteten auch mal im Stroh einer Scheune, was zwar viel Spaß brachte, aber mich wegen der Mäuse kaum schlafen ließ. Ich glaube, daß die Kameradschaft, die frühe Verantwortung und die Disziplin uns im späteren Leben sehr geholfen haben.

Von der Stormstraße zogen wir ein Jahr später ans Kanalufer. Von unserer Wohnung aus beobachteten wir die Drehbrücke und den umfangreichen Schiffsverkehr auf dem Kanal. Ich kannte jede Flagge.

Die Brücke blieb oft bis zu einer halben Stunde für Autos, Räder, die »Rosa« (Kleinbahn nach Hohenwestedt) und Fußgänger gesperrt. Die bewundernswerte Konstruktion wurde im Jahre 1963 durch den Tunnel ersetzt. Wenn Kriegsschiffe den Kanal passierten, standen die Matrosen Spalier, die Mädchen der Kolo-Schule (Koloniale Frauenschule) mit »Zicke, zacke, zicke, zacke - heil, heil, heil« grüßend.

Unter uns wohnte Herr Dr. Arbs, ein Lehrer der Herderschule, von den Jungen »Hein Tabs« genannt. Leidenschaftlich sammelte er Bücher. Wie freute er sich, wenn ein Besucher Interesse zeigte. Im Krieg auf einer Fahrt nach Hamburg trug er im Koffer seine kostbarsten Exemplare.

Man vermutet, daß er wegen dieses schweren Koffers nicht mehr den rettenden Bunker erreichte und im Bombenhagel starb.

Ab 1936 wohnte ich in der Neuen Kieler Landstraße.

Wir nannten uns nicht Teenager, sondern Backfische:

Mit vierzehn Jahr'n und sieben Wochen
ist der Backfisch »ausgekrochen« –
mit siebzehn Jahr'n und Monat zwei
ist die Backfischzeit vorbei.

Um den Hals trug ich eine Silberkette mit einem zartgliedrigen Fisch.

Um diese Zeit begannen die Jungen sich für uns zu interessieren.

Am späten Nachmittag fand in der Hohen Straße der Bummel statt. Man wandelte mit Freundinnen auf und ab – genau so die Jungen – gab sich desinteressiert oder gackerte.

Ich mußte mich oft um meine Geschwister kümmern.

Wenn dann mein Vater aus der Praxis kam, um mich noch kurz vor Geschäftsschluß zum Knusperhäuschen zu schicken, frohlockte ich. Kaum aus dem Haus, setzte ich zum Spurt an. Schnell der Einkauf – und dann eilte ich auf den Bummel.

Meine Kindheit war glücklich, aber es gab zahlreiche Verbote. Und Widerspruch wurde nicht geduldet – da genügte ein Blick unseres Vaters.

Die begehrten Tanztees im Bootshaus an der Eider fanden hin und wieder am Sonnabend von drei bis sechs Uhr statt. Eine Schülerkapelle spielte – wir tranken Apfelsaft – und bei »Ich tanze mit Dir in den Himmel hinein« schmolz ich dahin.

Da ich ganz selten die Erlaubnis bekam, besuchte ich Siga, um heimlich mit ihr zum Tanztee zu gehen. Aber das schlechte Gewissen ließ wenig Freude aufkommen.

In den Sommerferien bekam ich den Auftrag, bei der großen Wäsche zu helfen. Das sah ich überhaupt nicht ein, und ich meinte, daß ich mir dafür später eine Hilfe nehmen würde. Mein Vater: »Ich will hoffen, daß du es dir später leisten kannst. Ich halte es für wichtig zu wissen, was man seinem Personal zumutet – also los!«

Die Waschfrau und das Mädchen staunten – ich solle mich in die Ecke setzen – sie würden mich nicht verraten. Aber da kannten sie mich nicht! Auf dem Waschbrett rubbelte ich ein Stück nach dem anderen. Ganz schnell war die Haut meiner Finger durchgescheuert. Beißend drang das Seifenwasser ein. Welch eine Wohltat, in dem eisigen Wasser zu spülen.

Viel später – im Krieg – war ich meinem Vater dankbar. Es gab keine Hilfe.

Der anstrengende Waschtag verlief früher so:

Die Wäsche wurde sortiert und eingeweicht, am nächsten Tag in einem kupfernen Waschkessel gekocht, auf dem Waschbrett gerubbelt, dann dreimal in klarem Wasser in Holzbottichen gespült. Das Auskippen der Tonne erforderte nicht nur viel Kraft, man stand jedesmal in der überschwemmten Waschküche. Dann trat die Wringmaschine in Aktion. Erschöpft, aber froh, verließen wir die geputzte Waschküche.

Heute drücken wir auf einige Knöpfe unserer Waschmaschine.

Das Leben in unserer Stadt war gemütlich, man fühlte sich geborgen. Die Geschäftsleute begegneten ihren Kunden stets freundlich. Konnte ein Kunde sich nicht gleich zum Kauf entschließen, wurde ihm eine Auswahlsendung mitgegeben oder sogar ins Haus geschickt. Wolle kauften wir bei Neunert in der Königstraße, wo wir als Schülerinnen jederzeit ausführlich und geduldig beraten wurden.

Das Textilgeschäft Lamich lag an der Ecke des »Jungfernstieges« und »Am Gymnasium«. Es stand auf dicken, runden, moosbewachsenen Säulen im Wasser des Eiderarmes, überragt von den Zweigen einer riesigen Trauerweide. Im Wasser schwammen Enten, aber die gierigen Ratten erbeuteten deren Küken in jedem Frühling.

Das Delikatessengeschäft »Feinkost-Brammer« führte das ältere Ehepaar Brammer. Sorgfältig schnitt er jede Scheibe Aufschnitt mit dem Messer, seine Frau verpackte und kassierte. Selbst an einem Feiertag waren die beiden bereit, frischen Aufschnitt zu liefern.

Kühlschränke kannten wir damals nicht, aber jede Wohnung hatte ihre Speisekammer oder einen kühlen Keller. Wie einfach ist das Leben heute !

Der Monarch

Störend schrill scheppert der Klang der Drehklingel in die vormittägliche Geschäftigkeit. Mutter steht in der blaugestreiften Küchenschürze am Herd, sticht die letzten Grießklöße ab und läßt sie in die duftende Frische Suppe gleiten. Der schwarze Herd mit der blanken Messingstange beherrscht die große Küche. Jeden Sonnabend putzt Mutter die Stange mit Sidol, und wir Kinder dürfen sie blank reiben, Karsten das kurze Seitenstück, ich, die ältere, den vorderen Teil der Stange, die Knöpfe am Backofen, an der Schublade für die Asche und an der Klappe für den Warmwasserbehälter. Der dampfende Suppentopf steht auf den schweren Eisenringen, unter denen die Briketts glühen. An der blanken Herdstange hängt ständig die schwarze Zange, mit der Holz, Torf oder die teuren Briketts nachgelegt werden. Der Feuerhaken baumelt an der anderen Seite. Stochert Mutter mit ihm in der Glut, fällt die Asche hindurch, und das Feuer glüht erleichtert auf.

»Darf ich an die Tür gehen?« »Ja, aber laß die Kette vor! Erst 'mal sehen, wer geklingelt hat.«

Wir schreiben das Jahr 1928. Schwere Zeiten werfen ihre Schatten voraus. Die Inflation nach dem 1. Weltkrieg endete 1923 mit der Einführung der Reichsmark. Immer wieder erzählten meine Eltern, wie damals an Zahltagen die Frauen in langen Schlangen vor der Carlshütte auf ihre Männer warteten, die ihnen eilig den Wochenlohn, Billionen in wertlosen Scheinen, in die Hand drückten. Die Frauen liefen über die Hollerstraße zum Konsum, um einzukaufen, bevor der Wert des Papiergeldes weiter sank. Und er sank in den letzten Monaten der Inflation stündlich.

Wenn meine Mutter erzählte, konnte ich noch

Jahrzehnte später ihre Erleichterung spüren über die Einführung der stabilen Währung. Sie nannte das erste Geldstück immer die »Goldmark«.

Nur fünf Jahre später, 1928, ich war gerade sechs Jahre alt, fürchteten die Menschen in der beginnenden Depressionsphase erneut um die Sicherheit ihrer wirtschaftlichen Existenz. Die Schrecken der Inflation waren nicht vergessen.

Arbeitslose suchten sorgenvoll und nur zu oft vergeblich nach einem Weg aus der Not. Manche klüterten sich einen Bauchladen, aus dem sie Wäscheknöpfe, Nähgarn, Gummiband, Schnürsenkel oder Nadeln mit kleinem Gewinn verkauften, andere zogen mit der zweirädrigen Schott'schen Karre durch die Straßen und riefen Kartoffeln oder Gemüse aus, manche stellten sich auf die Höfe, sangen lauthals ihr Lied und hofften, meist nicht vergeblich, auf ein paar Pfennige, die ihnen die Hausfrauen in einem Stückchen Zeitungspapier von den Balkonen zuwarfen. Viele sahen keinen anderen Ausweg, als von Tür zu Tür zu gehen, um zu betteln.

Das fordernde Scheppern der Klingel in den Ohren, öffne ich und sehe den Bettler, der fast jede Woche kommt. »Mutter, darf ich ihm heute 'mal die Suppe bringen?« Der Mann setzt sich auf die hölzernen Treppenstufen, holt erwartungsvoll seinen Löffel aus der Tasche und schlürft die heiße Gabe. Wenig später steht der Teller auf der Treppe. Der Namenlose ist gegangen. Mutter meint, daß Bettler an den Hauswänden Zeichen anbringen, die anderen verraten, wie freigebig die Bewohner sind.

Keineswegs ironisch, eher bedauernd, hießen diese Herrscher der Landstraßen »Monarchen«, Könige eines unsichtbaren Reiches, ihres unabhängigen Lebens.

Heute begegnen wir ihnen in den Straßen unserer Städte, denn Gartentore und Haustüren bleiben verriegelt. Und wer nennt die Bettler heute noch Monarchen?

Mein Schulweg über die Drehbrücke

Von 1927 - 1957 wohnte ich an der Itzehoer Chaussee auf der rechten Seite, die zu Rendsburg gehört. Das ist wichtig, denn wir Rendsburger durften nicht mit dem Rad in die Schule fahren, da einheimisch; dafür zahlten aber die auswärtigen Westerrönfelder auf der linken Straßenseite mehr Schulgeld. Der Weg zur Lornsenschule am Paradeplatz war weit für kleine Mädchen, doch habe ich das nie so empfunden, denn einen interessanteren Schulweg konnte ich mir nicht vorstellen.

Meine Mutter stand an der Pforte und sagte das, was fast alle Mütter morgens beim Abschied sagen: »Kind, hast du ein Taschentuch, ist der Bleistift gespitzt, Geld für Kakao, der Schwamm angefeuchtet? Paß schön auf und melde dich in der Schule! Mach' beim Laufen den Mund zu, damit du dich nicht erkältest!«

Ein Zuwinken »Tschüß«, und ich trabe los.

Unsere Chaussee hat sich verändert: keine hohen Ulmen mehr zu beiden Seiten der Straße, auch keine Gräben, in denen man so schön spielen konnte. Wir hockten dort und nähten Puppenkleider oder kochten Grassuppe für unsere Kinder. Und Blumen blühten in den Gräben:

Löwenzahn, Steinbrech, Sternmiere, wilde Stiefmütterchen und lila Taubnesseln, auch Kletten und Kuhkraut, von uns »Läuseblume« genannt.

Von weitem höre ich das Tuten eines Dampfers, dreimal, das Zeichen, daß die Drehbrücke geöffnet werden muß,

51

Ich laufe. An der Biegung bei Schleths Zimmerplatz ertönt das Läutwerk der Brücke.

Nun wird es höchste Zeit!

Wir fassen uns bei der Hand, meistens ist meine Freundin Dolli dabei, und sausen los!

Die Zöpfe fliegen, die Kniestrümpfe rutschen, ein hüpfender Ranzen und ein klöternder Griffelkasten. Vorm Bauch baumelt die Brottasche.

Pustend erreichen wir die Brücke. Der Schrankenwärter, wir sagten »Brückenmann«, will gerade die weiß-rot-gestreifte Schranke herunterlassen. Wenn wir Glück haben, dürfen wir noch schnell darunterdurchwitschen.

»Nu lopt aber'n beeten to, gau, gau, de Lehrer töft all!«

Es ist auch nicht schlimm, wenn man es nicht schafft, dann setzen wir uns auf das Geländer neben dem Wartehäuschen. Der Eckplatz ist besonders begehrt.

Die Metallstäbe der Schranke scheppern, wenn sie die Erde berühren, die eisernen Verbindungsklappen öffnen sich, stehen hochkant und trennen so die zwei Brückenteile vom Ufer. Wir sind immer wieder beeindruckt, wenn sich die Brücke langsam dreht auf den mächtigen Steinsockeln und die gewaltigen Zahnräder knirschen.

Dann endlich steht die Brücke quer zur Böschung, die Schiffe haben freie Fahrt.

Das erste Schiff auf dem Kanal, an das ich mich erinnere, hatte braune Segel.

Zu beiden Seiten des Kanals standen Brückenhäuschen. »Dem Wetter zum Trutz und dir zum Schutz« stand über dem Eingang, gelegt aus roten Ziegelsteinen.

Wenn es regnete, stellten wir uns in den überdachten

Vorraum. Er war immer sauber und blank gefeudelt.

»Oh, ich habe meine Rechenaufgaben nicht fertig, noch zwei Türme!«

Schnell hinein ins Häuschen. Dort knieten wir uns auf die braune Holzbank und erledigten die Hausaufgaben auf dem Fensterbrett.

Wenn Zeit war, tauschten wir »Lackbilder«, immer in einer alten Pralinenschachtel im Ranzen dabei.

Im Winter konnte man sich mit dem Rücken an den warmen, grünen Kachelofen stellen.

Die Brückenmänner kannten wir alle, die netten und die energischen.

Es waren ältere Männer aus der Umgebung, blaue Schiffermützen trugen sie und graue Arbeitsjacken.

Manchmal stellten wir uns auf Zehenspitzen und guckten durchs Fenster in ihren Aufenthaltsraum. Ein großes Buch, wohl zum Eintragen der Tagesvorkommnisse, lag auf dem Tisch. Tassen, Thermoskanne und Brotdose daneben.

Hinter dem Haus graste eine Ziege.

Es ist merkwürdig, diese Nebensächlichkeiten fallen mir jetzt beim Schreiben ein.

Es war »unsere« Brücke, »unser« Kanal, »unser« Brückenhäuschen.

Die Drehbrücke, für mich die kleine Schwester der Hochbrücke, ähnlich in ihren klaren Linien, den hohen Eisenträgern, dem grauen Anstrich, und beide führten über den Kanal, wirkten fest und vertrauenerweckend.

Doch nun setzen wir unseren Schulweg fort.

Schnell noch »Bittegrün« pflücken; Gräser oder ein Blatt, das ich rasch unter den Umschlag der weißen Söckchen schiebe.

Die Mütter finden das nicht so gut, die Grasflecken sind schwer zu entfernen.

»Ihr wißt nicht, was »Bittegrün« ist?«

53

Wenn du einer anderen zuerst das Grünzeug zeigst und den Spruch sagst:

»Bittegrün« ohne abzupflücken, ohne alles, 1, 2, 3 Schmuggelpaket!« dann muß sie dir ein Pfand zahlen; Bonbons, Salmis oder Lackbilder.

Die Schranken schaukeln in die Höhe, all' die Wartenden stehen startbereit. Vor allem die Radler, sie wollen immer die ersten sein:

Fuß auf der Pedale, Daumen am Klingelknopf. Die wenigen Autos fahren an, Mütter mit Kinderwagen, Gärtner, ihre mit Gemüse und Blumen beladenen Karren ziehend. Hausfrauen, Arbeiter, die zur »Carlshütte« fahren oder nach der Werft »Nobiskrug«. Damals auch Soldatenkolonnen oder einfach nur Spaziergänger, die geruhsam das Brückenschauspiel betrachten.

Prustend und pfeifend rollt die Kleinbahn über die Brücke, bringt Dorfbewohner und Schüler von Hohenwestedt zum Kleinbahnhof (»Lüttbahnhof«) nach Rendsburg.

Ab und zu rutschen wir mit unseren Fahrrädern in die Schienen, holen uns Schrammen, Beulen und blaue Flecke.

Ich hatte immer Pflaster in der Tasche. Das klebten wir auf unsere Knie; auch wenn nichts geschehen war. Wir fanden das sportlich.

Später wurde die Brücke verbreitert, es gab nun einen Radfahrweg, und die Betonplatten des Fußweges ersetzte man durch Bretter.

Auf den Betonplatten hüpften wir, übersprangen sie oder sie wurden einfach nur gezählt, immer wieder.

Als wir aber erfuhren, daß der alte Förster Baasch, er sah so aus, wie man sich den Retter von Rotkäppchen und der Großmutter vorstellt, in den Kanal gestürzt sein soll, als sich eine der Platten löste, da hüpften wir gemäßigter. Wir stellten uns vor, wie der schöne, grüne Jägerhut auf dem Wasser trieb, und der weiße Bart auf der Oberfläche hin- und herschwappte. Er, der Förster, hat es überlebt, aber wir blickten ihn immer scheu an.

Wo gab es schon einen Mann, der durch unsere Brücke gefallen war?

Ja, die Brücke! Eines Tages mußte sie dem Tunnel weichen! 1961. Als ich das letzte Mal hinüberging, blieb ich in der Mitte stehen, blickte auf die weite Biegung des Kanals, sah noch einmal von diesem Standort auf den dunklen Gerhardshain und die »Kolo-Schule«. Die Sonne versank hinter den Bäumen, rot und golden.

Es war wie ein Abschied, denn nun würde es nie mehr so sein wie die vielen Jahre vorher.

Ein Schiff glitt übers Wasser.

Trug es braune Segel?

Wir haben der alten Drehbrücke viel zu verdanken: Pünktlichkeit und Geduld, wir lernten zu beobachten, zu hören und zu sehen.

Und all die Wartenden, hüben und drüben, fühlten sich durch sie miteinander verbunden.

Sie war uns eine gute Freundin, an die wir wehmütig zurückdenken.

Meine Grundschulzeit in der Lornsenschule

Gern' denke ich an meine ersten Schuljahre zurück, an eine unbeschwerte Zeit, behütet von den Eltern, umgeben von Freundinnen.

Und je mehr ich mich erinnere, um so klarer wird das Bild der alten Lornsenschule.

Mein Schulweg war weit, ich erzählte es schon: von der Itzehoer Chaussee über die Drehbrücke, die

Hindenburgstraße entlang, vorbei an der Gärtnerei »Oberg« und dem Kleinbahnhof, durch die Königstraße, über den holprigen Paradeplatz mit der alten Apotheke und der Garnisonkirche. Am Paradeplatz blicke ich noch schnell auf die »Persil-Uhr« und nicke Uwe-Jens Lornsen zu, der aus dem Gebüsch der Anlagen herausragt. Sein Bild prangt auch auf den Pillenschachteln der Apotheke.

Nun bin ich in meiner Schule angekommen, und durch die hohe Holztür gelange ich in das erste Gebäude.

Es riecht nach Bohnerwachs, Kreide und Staub; so roch es wohl in allen Schulen jener Zeit. –

Wir feiern heute den Geburtstag unserer Schule, 100 Jahre ist sie alt (1929).

Wir dürfen das blaue Zeichenheft aus dem Ranzen nehmen und die Schule malen.

Es wurde ein schönes Bild mit braunen Türen, vielen Fenstern und einer leuchtend roten Schule.

Am besten gelangen mir die dicken, grünen Girlanden, die das Geburtstagskind schmückten. Wolken schwebten über allem und, wie immer bei mir, eine goldgelbe Sonne.

Wir saßen auf langen Holzbänken mit harten Lehnen, mußten die Hände falten auf den schrägen Tischen, in die die kleinen weißen Tintenfässer eingelassen waren.

Herr Mumm, der Hausmeister, füllte blaue Tinte hinein aus einer dickbauchigen Flasche.

Wir hofften immer, er würde kleckern. Doch er tat es nie!

Das »Händefalten, Schnabelhalten, Ohrenspitzen, Geradesitzen« hörten wir nur selten.

Vor jedem Schulbeginn sangen wir ein Lied. Das hat mir gefallen, und diesen Brauch hätte man beibehalten sollen. Es machte fröhlich, wach und förderte die Gemeinschaft.

Mit einem grauen Griffel schrieben wir auf unsere Schiefertafel. Es gab sie einfach, auch als Klapptafel und sogar mit einem geölten Rahmen. Ich besaß einen Griffelkasten aus Holz mit buntgemaltem Obst auf dem Deckel und eine schwarze Schwammdose, geschmückt mit Silberornamenten. Stets gehörte ein sauberer Lappen zum Trockenwischen zur Ausrüstung. Im Ranzen lag meine Fibel »Jungs holt fast!« mit Lene und Heini, den Hauptpersonen. Wir lasen in der »Kinderheimat« und in »Peter Jünks Reise mit der Silbermöwe«.

»Heimatkunde« mußte nüchterner »Sachkunde« von heute weichen.

»Texte und Fragen« oder »Auswahl« heißen die Titel der Lesebücher unserer Enkel.

Wir lasen »Klein Hilde«, »Heiner im Storchennest« und »Berni im Seebade« von Scharrelmann.

Nun zur Kleidung:

Im Winter trug ich einen olivgrünen Lodenmantel mit Kapuze, die immer unter den Ranzen rutschte, dazu eine rote Pudelmütze, braune Wollstrümpfe, einen blauen Faltenrock und »Bleylepullover«.

Im Sommer: Dirndl- und Matrosenkleider oder Kariertes mit weißem Kragen.

»Immer etwas Freundliches um den Hals«, meinte meine Mutter.

Bevor ich die Treppenstufen zu meiner Klasse emporklettere, schaue ich mir den »Rübezahl« an, das bekannte Bild von Moritz von Schwind. Da schreitet der Alte mit seiner Keule durch den Wald des Riesengebirges.

Ich steige nun hinauf, die Stufen knarren, viele Kinderfüße haben sie in all den Jahren abgenutzt.

Meine Hand auf dem Geländer kommt nicht voran, die »Knubbel«, die das Herunterrutschen der Kinder verhindern sollen, halten auf.

Oben fällt Licht durch das Fenster, gefiltert von den Blättern der Bäume vorm Haus. Das Blattmuster flimmert auf dem Dürer-Bild »Hieronymus im Gehäuse«. Vorsichtig schaue ich es von der Seite an, fürchte mich vor dem Löwen, aber Licht und Blätter verzaubern es an diesem Morgen.

An der Klassentür wartet Fräulein Peters. Wir haben in der ersten Stunde Religion.

Lang und schmal ist sie, eine Pastorentochter aus Jevenstedt. Die Haare straff zurückgekämmt, das Kleid aus der Meldorfer Museumsweberei.

Fast alle Lehrerinnen unserer Schule trugen diese Kleider.

Wir liebten Fräulein Peters, sie war gütig und sanft. Am meisten aber schätzten wir an ihr, daß wir unsere Bilderbücher mitbringen durften, die sie unter das Epidiaskop (Bildwerfer) legte. So erschienen unsere Bilder riesengroß an der Wand.

Unsere Bilder!

Nun steht Fräulein Peters oben an der Treppe, sie gibt mir die Hand, ich mache meinen Knicks. Heute denke ich, daß es auf einer alten Schultreppe manches kleine Erlebnis gibt.

Unser erster Klassenlehrer hieß Herr Becher, ein schöner Mann; Vater des berühmten Zauberers »Marvelli«, der manchmal als kleiner Junge bei mir auf der Bank sitzen durfte.

Herr Becher hat uns so viele Lieder gelehrt, und da es bei unserer Schule weder Turnhalle noch Sportplatz gab, ging er mit uns in den »Arsenalgarten«, damals »Kindergarten« zum Spielen.

»Laß uns auf die Wiese gehn, Klein-Marei, und

tanzen ...«, ein Kinderreigen. Wir übten ihn immer wieder.»...hüpfen auf den Zehen«. Oh das war schwer! Und dann senkten wir unsere Stimme und flüsterten: »Horch, zum Tanze singt ein klein' Vöglein seine Weise, all die lieben Blümelein nicken rings im Kreise.« Herr Clausen war später unser Sportlehrer. (Er fiel im 2. Weltkrieg.) Vorbei war es mit »Klein-Marei«.

In den hellblauen Turnanzügen mit den schrecklichen Pumphosen rannten wir über das »Spülfeld« oder hingen am Reck in der Moltkeschule, deren Turnhalle wir mitbenutzen durften.

In den Pausen tauschten wir Wurst-Butterbrote gegen Sirup-Margarineschnitten der ärmeren Kinder.

Ab und zu erschien die »Läuseschwester«, um unsere Köpfe zu betrachten. Das war nicht einfach bei den vielen Zöpfen.

Ja, die Pausen. Wir kannten so viele Spiele, und beim Schreiben fallen mir immer neue ein:

Springtau, Schleudertau, Ballproben an der Wand. Die »Fünfzehnte« mit Händefalten, Platte, Box-Arm, Kopf, Brust, Knie, Rumwerfen und Spitze, Spitze, Doppelspitze.

Ich wollte sie neulich meiner Enkelin zeigen. Nach dem »Rumwerfen« hatte ich später Schulterprobleme und »Spitze, Spitze, Doppelspitze« glückten nicht mehr.

»Oma«, tröstete Franziska, »wir müssen öfter üben.«

Wandspiele: »Schornsteinfeger ging spazieren ...«; »Als ich einmal reiste, da reist' ich nach Jerusalem ...« und »Adam ging und wollte sich erquicken, seine Schüler wollten sich nicht schicken ...«. Über den Text haben wir wohl nie nachgedacht. Dann »Salz, Pfeffer, Blitz«, »Wer fürchtet sich vorm schwarzen Mann?«

Ich weiß, es wird langsam zu viel.

Aber abwechslungsreich war es und fröhlich.

Kurz vor den Zeugnissen mußten wir vorsingen.
Schlimme Tage für mich, ein schüchternes Kind. Die
meisten Mitschülerinnen kümmerte es wenig. Einige
schmetterten lustig drauflos, und die »Neue«,
Rita Wagner, hatte von ihrem Onkel ein Lied gelernt:
»Regiment sein Straßen zieht, auch mein Bursch' in
Reih' und Glied, juchhei!«
Wie sie das konnte, das »Juchhei«!
»Na, Mechthild?« Nun kam ich!
»Und in dem Schneegebirge ...«, klang es zaghaft
durch den Raum.
»Ganz gut«, meinte mein Lehrer, »aber vielleicht
überlegst du dir bis zum nächsten Mal ein anderes
Lied«.
Ich hatte das »Schneegebirge« jedesmal gesungen.
Als wir nach vier Jahren die Grundschule verließen,
schrieb unser Rektor Reinke in mein Poesiealbum:

Ein bißchen Liebe von Mensch zu Mensch
ist besser, als alle Liebe
zur Menschheit.
                    - Richard Dehmel –
und darunter stand:
Wir arbeiteten »einmal« Zimmer neben Zimmer
in der alten, lieben Lornsenschule
Du und Dein Rektor Reinke
16.3.1933

Die Königstraße

Königstraße, die Straße unserer Einkaufstage, als ich
ein kleines Mädchen war.
Sie bot damals alles, was wir brauchten.
Ich ging artig oder hüpfte an der Hand meiner

Mutter, schlenkerte mit dem Einkaufsnetz und war guter Dinge.

Wir kannten die Geschäfte und deren Besitzer. Überall gab es einen Klöhnschnack, vor allem in der »Drogerie-Köhler«.

Recht bald zupfte ich meine Mutter am Mantelärmel. »Gleich, mein Deern, gleich.«

Noch ein paar freundliche Sätze von beiden Seiten, es wurde bezahlt und eingepackt: Holländer- oder Fichtennadelseife, Nivea-Creme, Rheila-Perlen gegen den Husten, grüne Seife, lose aus dem Faß, auch 'mal Pinsel und Farbe, damit mein Vater endlich mit dem neuen Küchenschrank fertig würde.

Ich glaube, die meisten unserer Geschäfte lagen auf der linken Seite, das heißt, wenn man von der Drehbrücke kommt. Ecke Grafenstraße in dem schönen Fachwerkhaus die »Sonnenapotheke Klauder« mit der Sonne im Schild. Der Ausspann für Bauern und Händler mit Pferd und Wagen folgte.

Wenn wir die »Schlachterei Heitmann« betraten, schlug uns eine frische Kälte entgegen, vermischt mit Wurstgeruch. Alles blitzte: Marmortresen, Glasablage, auch die alte und die junge Frau Heitmann, frisch onduliert, in weißen gestärkten Kitteln.

Sie schenkten mir oft eine Scheibe Jagdwurst.

Wenn der junge Schlachtermeister auf dem mächtigen Holzblock das Fleisch zerhackte, drehte ich mich um.

Fast hätte ich das kleine Kaffee- und Schokoladengeschäft kurz vor Heitmann vergessen. Es gehörte der Familie Jürgensen.

Herr und Frau Jürgensen, beide dunkelhaarig, bedienten. Ihre Söhne, die ich durch die offene Tür zum Hinterstübchen beobachtete, erledigten dort ihre Hausaufgaben. Es bedeutete schon etwas, wenn wir den

Laden betraten: denn für Schokolade und Pralinen war nicht immer Geld übrig.

Einmal kaufte ich zum Muttertag einen kleinen Kasten mit Konfekt: auf dem Deckel ein sanftes Gesicht, umrahmt von Rosen und Vergißmeinnicht. »Der lieben Mutter« las ich, quer über eine Kastenecke gedruckt in Goldschrift.

Die nächste Muttertagsgabe erstand ich bei »Papier-Bock«, Ecke Löwenstraße: ein gerahmtes Bild, wieder mit einer unbekannten schönen Frau, ein Kind mit Löckchen, glaube ich, stand vor ihr.

Darunter ein Spruch, der etwa so endete:

»Oh, mög ein gütiges Geschick, geliebte Mutter mein, in Freude und Gesundheit, Glück, stets schützend um dich sein!«

Meine Mutter schien, so fand ich, gerührt und dankbar, sie stellte das Bild der zarten Unbekannten auf ihren Nachttisch.

Merkwürdig, irgendwann fand ich es nicht mehr.

Ein Jahr später überquerte ich die Königstraße, kletterte am Paradeplatz eine steile Treppe hoch, um bei der netten Frau Neunert das Sticken zu erlernen: ein Kissen für den nächsten Muttertag.

Ein scheußliches Gebilde entstand:

Auf bonbonfarbenem gestreiftem Stoff, rosa, gelb und himmelblau mit Aufplättmuster, stickte ich mit buntem Perlgarn Kreuzstiche.

Leider kam ich mit Unter- und Deckstich nicht zurecht. Wieder strahlende Mutteraugen, und für einige Zeit lag das Kissen auf unserem Sofa.

Unter dem Handarbeitsgeschäft, oder lag es daneben, stellte ein Bäcker in der Vorweihnachtszeit herrliche Figuren aus, gebacken aus hellem Teig: Weihnachtsmänner und »Nikoläuse« auf Eseln oder Pferden mit Schlitten oder Wagen, alles üppig bestreut mit bunten Liebesperlen.

Ich stand vor dem Schaufenster und staunte.

Nie hatte ich schöneres Gebäck gesehen!

Doch hat meine Mutter mir keinen dieser wunderbaren Weihnachtsmänner gekauft.

Ich hätte sie danach doch später 'mal fragen sollen.

Bei »Sötje« kauften wir geblümte Gardinen für die Veranda; Stoff vom Ballen, blanke Knöpfe und Zackenlitze.

Auch all' die Dinge, die wir in der Schule für den Handarbeitsunterricht brauchten.

In dem geräumigen Laden stand in der Mitte ein eiserner Ofen, daneben die Kasse.

Am Ende der gleichen Straßenseite das große Geschäft von »Porzellan-Schmidt«. Hier fanden wir Vasen, Schüsseln, Sammeltassen und auch mal einen Milchtopf und immer wieder Geschenke.

Später, mit unserer Lehrerin Fräulein Sprink, durften wir dort alles einkaufen, um unsere Schulküche im Stadttheater einzurichten.

Der Laden fehlt mir sehr.

Bei bestimmten Düften fallen einem Erlebnisse, Menschen, Orte und vor allem Geschäfte ein.

Ranzen, Schultaschen, Ausweishüllen, Geldbörsen, Koffer, verkaufte Frau Freytag. Später auch mal ein Nageletui.

In »Greta Lensch's Bücherstube« konnte man so gut stöbern. In der Kinderzeit liebten wir Märchenbücher, Bücher von Johanna Spyri und die bekannten Bände vom Schneider-Verlag.

Noch ein Schokoladen-Geschäft: Geschwister Held, linke Seite.

Herr Held, adrett gekleidet, sehr höflich, weißes Haar, immer die silberne Pralinenzange in der gepflegten Hand.

Ich beobachte, wie er mit Hand und Zange flink von einem Konfektschälchen zum nächsten wechselt, um die gewünschten Süßigkeiten in ein Tütchen fallen zu lassen.

Seine freundliche Schwester stand meistens im Hintergrund.

Nun noch zwei, mir wichtige Einkaufsstätten: »Papier-Bock« und »Papier-Albers«, dann lassen wir die Königstraße hinter uns, und ich hoffe, daß man sie wieder so vor Augen hat, wie sie einmal war.

Wo wir jetzt bei »arko« Kaffee kaufen, mußten wir damals einige Stufen emporsteigen zu Frau Bock, in deren Laden ich das Muttertagsbild kaufte. Einen Herrn Bock gab's auch. Er fiel, ich glaube, bei der Ausübung seines Dienstes als Luftschutzwart bei dem letzten Luftangriff auf Rendsburg. Frau Bock flößte uns Kindern Respekt ein mit ihrer tiefen energischen Stimme.

Ja, warum ging ich eigentlich in den dunklen Laden?

In den Schulheften, die wir bei Frau Bock kauften, lagen »Hauchblätter«. Ob man sie noch kennt?

Man legte die zarten Seidenpapierfiguren vorsichtig in die Handfläche, es gab sie in vielen Farben und Mustern, meist Tiere und Blumen.

Ich hauchte, und schon rollten sie sich auf. Diese leichten Gebilde, eine Pracht, waren der Grund, die Treppen hochzusteigen zu der energischen Frau Bock.

Das Schreibwarengeschäft »Albers« gibt es noch. Durch die Ladentür sind wir oft gegangen. Alles für die Schule: Tafeln, Griffel, der erste Füller, Hefte mit unserer Schulanschrift, große Zeichenmappen, weiße und graue Blöcke, grau für Zwischenarbeiten, die brauchten wir für den Zeichenunterricht bei »Jette«, Fräulein Wernich.

Wenn wir Kinder zu einem Geburtstag eingeladen

waren, bekam man für wenig Geld bei Albers kleine chinesische Vasen oder zwei winzige Terrier, schwarz und weiß an einer roten Leine. Muscheln, denen im Wasser langsam Blumen entstiegen, Anziehpuppen und Lackbilder, alles fanden wir bei Albers.

Vor Weihnachten stand in der Mitte des Ladens ein großer Tisch mit Spielen, Buntpapier, Goldfolie und Adventshäusern. Jeder konnte sie selbst zusammenbauen.

Mein Adventshäuschen von damals halte ich in Ehren, die Enkel freuen sich noch heute daran, obwohl der Schornstein inzwischen abgebrannt ist.

Älter geworden, bewunderten wir den Sohn des Hauses; er konnte mit einer Flanke über den Ladentisch springen.

Spät ist unser Einkaufstag in der Königstraße beendet.

Steine frisieren

Im Sommer spielten wir fast täglich an der Kanalböschung. Wir saßen auf den Feldsteinen, die das Ufer befestigten, die Füße im Wasser. Wir blinzelten in die Sonne und rieben Thymianblüten, die man dort in Mengen fand, zwischen unseren Handflächen, um ihren Duft noch zu verstärken.

»Oh, guckt mal, ein schöner runder Stein!«, rief eine von uns. »Er ist mit Seegras bewachsen!«

Mühsam klaubten wir ihn aus der Mauer. »Sieht aus, wie ein Kopf mit Haaren!«

Das neue Spiel begann. »Steine frisieren«. Wir begossen die steinernen Köpfe mit »Kanalhaarwasser«, flochten Zöpfe und beschnitten die Seegrasmähnen.

Die runzligen Steine waren die Großmütter und bekamen einen »Dutt« auf den Kopf. »Oh, de hett ja

65

Lüüs!«, schrie Hinne Rohwer, der manchmal Friseur-lehrling sein durfte. Läuse, genau weiß ich nicht mehr, welches Getier sich auf den Köpfen kringelte. Kleine Krabben, meinten wir, und die mußten mit Läuse-mitteln bekämpft werden. Bald stand eine Reihe frisch frisierter Häupter auf der Graskante.

Die Steinböschung jedoch zeigte Lücken, aber das wurde uns erst klar, als Hinne rief: »De Kanalmeister kümmt, oh ha!« Erstarrt blieben wir stehen, als Jacob Windemuth, der Kanalmeister, nahte.

Er nahte mit »Siebenmeilenschritten«, und nie wieder habe ich einen Menschen gesehen, der so weit ausschreiten konnte. Als das erste Donnerwetter vorbei war und wir unsere Kundschaft wieder dorthin beförderten, wo sie herkam, ging der Kanalmeister lächelnd vondannen.

Die Kuchenstube oder Marie Glogers Hökerladen

Ich freute mich die ganze Woche auf den Sonn-abend, denn dann ging meine Mutter mit mir in den kleinen Hökerladen, um Kuchen zu kaufen. Sie kamen, fein geordnet auf Blechen, vom Bäcker Riechmann aus Westerrönfeld und wurden bei unserer Kaufmannsfrau in der »Guten Stube« aufgestellt. In den feucht-muffigen Geruch der kaum bewohnten »Kuchenstube«, wie ich sie nannte, mischte sich der süße Duft des Backwerkes, der auch die Wespen anlockte, die die Bleche summend umkreisten oder hilflos an den Fensterscheiben auf- und niederrutschten. Ich suchte mir meistens ein Buttercremeschiffchen und eine Marzipantasche aus.

Der Laden gehörte dem Ehepaar Gloger, Otto und Marie. An der Tür prangte die weiße »Persil-Frau« auf

dem grünen Grund, und ich fühle noch den ver-
schnörkelten Griff der Tür, bei deren Öffnen eine
Glocke lustig schepperte. Im Laden war es dämmrig.
Man betrat einen rissigen Steinfußboden und stand
vor dem Ladentisch. Die Tischplatte war mit einem
Schlitz versehen, dort hinein steckte Frau Gloger das
eingenommene Geld.

Es gab Schubladen, gefüllt mit Mehl und Zucker,
Schaufeln zum Einfüllen in die braunen Papiertüten
und eine gußeiserne Waage mit Messingschalen und
Gewichten. An der Decke baumelten Holzpantoffeln,
Scheuerbürsten und Feudel (Wischtücher). Lose Mar-
melade konnte man kaufen und goldgelbe Butter aus
dem Faß.

Das Schönste für uns Kinder aber war das riesen-
große Bonbonglas.

Nach jedem Einkauf langte Frau Gloger in das Glas,
dabei mußte sie den Ellenbogen ganz hoch recken,
lächelte und fragte jede von uns:»Na, mien Deern,
machst noch'n Bontje?« Und wir mochten! Süß und
klebrig hielten wir sie in unseren Händen.

An der Wand, dem Ladentisch gegenüber, stand eine
wacklige Korbbank neben prall gefüllten Mehlsäcken,
und über der Bank hing ein Spiegel in einem reich
verzierten Rahmen. Er war schräg angebracht, und
wenn die Kaufmannsfrau aus ihrer Stube trat, konnte
sie durch den Spiegel ihren Laden überblicken.

Frau Gloger trug fast immer eine Kattunschürze,
blaugestreift, und braune Ärmelschoner. Über ihrem
gutmütigen Gesicht thronte ein Haarknoten, mühsam
zusammengesteckt.

Für ein Gespräch war immer Zeit, und alle, die dort
einkauften, kannten sich: die Gärtnersleute, Frau Jonas,
die Posthalterin, Hinne Rohwer, unser anhänglicher
Spielkamerad, und der alte Paul Schulz mit der roten

Schirmmütze. Er zeigte uns manchmal seine Kaninchen. Irgendwoher aus dem Osten kam er und hatte beim Kanalbau mitgearbeitet. »Jörn Aafenbusch« (Erbsenbusch) vom Kamp schaute herein und »Kordl Ohrns von de Gorns«, der Ringreiterkönig, (Karl Ahrens aus den Gärten).

Die meisten sprachen platt: »Marie, giff mi man noch'n Schwattbrot un'n Buddel Beer, un jo nich denn Priem vergeten« (Marie, gib mir noch ein Schwarzbrot und eine Flasche Bier und nicht den Priem vergessen).

Für einen Groschen, den wir uns beim Abtrocknen verdienten, kauften wir eine runde Blechschachtel, gefüllt mit Salmis, die wir sternförmig auf den Handrücken klebten und ganz langsam ableckten.

Die Menschen leben alle nicht mehr, aber vergessen werde ich ihn nie, den bunten Laden meiner Kindertage.

Bei »Oma Zeidler«

Dem Glogerschen Hökerladen gegenüber wohnte »Oma Zeidler«. »Friederike Zeidler, Gartenbaubetrieb« konnte man auf einem Schild neben der Haustür lesen. Es war ein altes Haus mit dunkelgebeiztem Giebel und Sprossenfenstern, die abends hinter grünen Fensterläden verschwanden.

In den weißen Töpfen mit dem goldenen Löwenkopf blühten Geranien. Dazwischen standen Kakteen, von einem zarten Spinnennetz überzogen. Und bei Sonnenschein räkelte sich die Katze wohlig auf der Fensterbank, blinzelte noch einmal, gähnte und hielt ihren Mittagsschlaf.

Meine Mutter und ich besuchten die Gärtnerei oft, um mit der 90jährigen Frau Zeidler zu plaudern.

Über ein Kopfsteinpflaster betraten wir die Diele. Die Fußbodenbretter knarrten, und »Männe Zeidler«, der Dackel, kam uns entgegen, wedelte mit dem Schwanz und bellte freundlich.

Auf der Diele roch es nach Obst und frischem Gemüse, das für den Wochenmarkt vorbereitet wurde. Gebündelte Radieschen, Suppenkraut und Petersiliensträußchen, auch Eimer, gefüllt mit vielfarbigen Margeriten standen dort.

Jedes Jahr zum »Vogelschießen« bekam ich einen Kranz aus diesen Blumen, rosa war er und mußte über Nacht in der Waschschüssel liegen, um frisch zu bleiben. Daher hatte ich beim Kinderfest immer feuchte Zöpfe.

Am frühen Morgen lud man alles auf einen Holzkarren, und die »jungen Zeidlers«, Anne und Julius - sie waren fast sechzig - schoben ihn über die Drehbrücke zum Rendsburger Wochenmarkt. Julius zog den Karren, und Anne stemmte sich hinten mühsam dagegen, immer die Arme wechselnd, um ihrem Mann das Ziehen zu erleichtern.

Die alte Frau Zeidler besaß die gemütlichste Stube, die ich je gesehen habe. Meine Mutter und Frau Zeidler unterhielten sich, ich hockte daneben, und meine Blicke wanderten durch den Raum, entdeckten immer etwas Neues. Oma Zeidler saß sehr gerade auf dem Biedermeier-Sofa. Zierlich war sie, hatte ein faltiges Gesicht, eine große Nase, leicht gebogen, und kluge Augen.

Auf ihrem dunklen Kleid leuchtete ein weißes Jabot, von einer Brosche gehalten. Ab und zu glitten die knöchernen Finger der alten Frau über die Lochstickerei der Tischdecke, zupften hier ein wenig, glätteten dort.

Eine Petroleumlampe über dem runden Tisch

tauchte alles in ein weiches Licht. Die geschweiften Tischbeine hatten sich im Laufe der Jahre in den Fußboden eingedrückt, und so mußte der Tisch wohl immer am gleichen Platz ausharren.

Im Raum hing ein Geruch von Petroleum, Stiefmütterchen und Reseden, von Julius' Pfeifenrauch und »Männes« nassem Fell.

Sohn Julius saß manchmal in seinem Schaukelstuhl vor dem eisernen Ofen und hörte zu. Selten trug er etwas zur Unterhaltung bei.

An den Wänden der Stube hingen Familienbilder. »Mien Zeidler«, der alte Gärtnersmann, hatte einen Ehrenplatz über dem Sofa. Es gab eine Schmetterlingssammlung, ein Pfeifenbord und – das gefiel mir am allerbesten: einen Glaskasten hoch auf dem Vertiko. Einen Wald mit Jäger, Reh und Vögeln konnte ich durch das Glas bewundern.

An Festtagen sang Oma Zeidler uns vor, und Julius begleitete sie auf der Geige. »La Paloma«, ihr Lieblingslied.

»Du, Oma Zeidlers Haar ist genau so aufgesteckt wie ihre Gardinen«, erklärte ich meiner Mutter. Im sanften Bogen zogen sich die grauen Haare bis über die Ohren, und vorn auf dem Kopf bildeten sie ein Krönchen, grad wie bei den Vorhängen.

Die alte Frau Zeidler häkelte Stiefmütterchen aus glänzendem Perlgarn, lila und gelb. Es wurden Serviettenhalter, ein Geschenk für meine Mutter.

Ich habe sie später weggegeben, fand sie altmodisch.

Nun hätte ich die gehäkelten Blumen gern auf meinem Kaffeetisch, und meine Gedanken wären wieder in der alten Gärtnerstube.

70

Ausklang:

An der Eider im Herbst

An der Eider im Herbst
Fast jeden Tag fahre ich die gleiche Strecke am Ufer
der Eider entlang.
Heute mache ich mich wieder auf die Reise. Der
Sand knirscht unter den Reifen, sonst ist es still, ein
sonderbarer Herbstnachmittag.
Eine tiefstehende Sonne wärmt mein Gesicht.
Die Wasseroberfläche bewegt sich kaum, nur um die
Entenfamilie herum bilden sich immer größer wer-
dende Kreise. Auch die Tiere schnattern heute nicht.
Sie gleiten am Schilf vorbei, das jetzt im Herbst eine
grün-silberne Farbe trägt. Einige Blätter sind abge-
knickt. Im Sommer standen sie aufrecht und stolz,
waren saftig und biegsam.
Dunkel liegt das Wasser, nur ab und zu flimmern
Perlenketten auf in der Sonne. Ich steige vom Rad.
Schön ist es hier! Bäume und Büsche spiegeln sich im
Fluß, und dort, wo das Schilf ins Wasser taucht, bildet
der Schatten ein tiefschwarzes Band, das alles um-
schließt.
Auf der Landseite des Weges verdorrte Disteln und
Rainfarn - ab und zu eine vergessene Schafgarbe.
Im Spätsommer leuchtete das Korn auf dem Feld,
und am Rain standen Weidenröschen und Ackerwin-
den, und die Brombeerranken krochen durch das
Gatter, um den Früchten mehr Sonne zu bieten.
Ich fahre weiter. Es wird kühler. Die Enten sind im
Reet verschwunden. Eine Wegschnecke kriecht über
den Boden, weicht einem Stein aus. Sie hat Zeit, viel
Zeit.

Auf dem Hecktor hockt eine Krähe, groß, schwarz und ein wenig unheimlich, wie in Märchen und alten Geschichten. Sie hüpft mir vors Rad, ich muß absteigen. Dieses Gebiet gehört ihr und ihrer großen Familie. Die Krähe wendet mir den Kopf zu. Sieht sie mich vorwurfsvoll an? Plötzlich breitet sie die Flügel aus, und mit lautem »Kra-Kra« fliegt sie in die hohen Erlen zu ihren Verwandten.

Wer weiß, was sie ihnen erzählt?

Die Ruhe ist vorbei.

Ein Gekakel und Spektakel, ein Schimpfen und Zetern. Dann erheben sich alle, eine dunkle Wolke, umkreisen ihre Bäume und sinken herab auf die Äste. –

Die Sonne ist verschwunden, ich kehre um. Am Ende des Weges entdecke ich unter Frau Holles Fliederbeerbüschen blanke, rote Hagebutten. –

Morgen wird vielleicht alles anders sein. Nebel wird vom Wasser aufsteigen und durch die Bäume der »Schwedenschanzen« am gegenüberliegenden Ufer ziehen.

Das Schilf wird im Wind rascheln, und Wassertropfen werden die langen, feuchten Blätter hinabrollen bis in die Mitte des Stieles.

Mit etwas Glück träfe ich einen Fischreiher, und die Schnecke müßte endlich angekommen sein auf der anderen Seite des Weges.

Ob ich einen ängstlichen Vogel höre, der seine Kinder warnt, oder ein Glucksen im dunklen Wasser?

So wie heute schweben auch morgen Blätter lautlos zur Erde, eins nach dem anderen.

Und die Krähen werden zanken, tratschen und sich Geschichten erzählen, wie jeden Tag im Herbst an der Eider.